JN179914

集英社オレンジ文庫

思い出とひきかえに、君を

柴野理奈子

本書は書き下ろしです。

あの日、かわした言葉も、
君がむけてくれた笑顔も、
わずかにふれた指先のぬくもりも——。
君とすごしたすべての一瞬は、大切な宝物。
どの思い出も、手ばなしたくない。

でも、君のためなら、それさえも——。

目次

CONTENTS

Omoide to hikikae ni Kimi wo

イラスト／縞あさと

思い出とひきかえに、君を
Omoide to hikikae ni Kimi wo

プロローグ

駅につくと、水沢《みずさわ》ひまりは改札口のあたりを見わたした。

相川陸斗《あいかわりくと》の姿は、まだない。

朝のラッシュの時間帯だけど、郊外の小さな駅なので、人どおりはそれほど多くない。

ひまりは壁ぎわに寄り、ドキドキしながら陸斗がくるのを待った。

（がんばれ、わたし――！）

無意識のうちに、スクールバッグにさげたストラップをぎゅっとにぎりしめる。

最近、女子高生のあいだで人気の「りんごウサギ」という、ゆるキャラのストラップ。

陸斗はなんの気なしにくれただけってわかってるけど、ひまりにとっては、宝物だ。

さわやかな笑顔に秘められた、陸斗の熱い想いにふれて、胸を打たれたのは、中一の夏だった。

あれから三年、ひまりはずっと陸斗に片想いをしてきたけど。

それも今日で終わり。

ひまりは今日、勇気を出して、陸斗に想いを告げると決めている。

こつ、こつ、こつ……。

（キタ……！）

足音が聞こえるたびに、ひまりはピキッと背すじをのばし、全神経をそっちに集中させる。

でも、それが期待していた人物ではないとわかると、小さく息をつき、またストラップをにぎる手に力をこめるのだった。

（前髪、おかしくないかな）

十月に入ったというのに、異例の暑さがつづいている。

立っているだけでじんわりと汗ばんでくるから、前髪が額にはりついていないか不安になってきた。

改札口のすぐそばにコンビニがあるので、ひまりはその前に行くと、ガラス窓に自分の姿をうつした。

一五〇センチに満たない、小柄な身長。

色が白く、線が細くて華奢《きゃしゃ》な体つき。

有名人にたとえるとだれに似ているかという話になると、「リス」と答えられることがよくある。

それって有名人なのかな、といつも疑問に思うのだけど。

まるくて小さな顔に、黒目がちのつぶらな瞳《ひとみ》が、リスっぽいらしい。

ひまりは、肩の上で切りそろえた髪がサラサラとゆれるのを、手ぐしで軽くととのえた。

店内の時計をガラス窓ごしに確認すると、もうすぐ電車がくる時間を指している。

(相川くん、まだかな……)

いつもなら、もうきているころなのに……。

カゼでもひいたのだろうか。

(それか、もっと早い電車で行ったのかも……)

ズキッ、と心にするどい痛みが走る。

『明日もこの電車、乗る？　――話したいことがあるの……！』

昨日、思いきってそう伝えたとき、陸斗はたしかに笑顔でうなずいてくれたけど。

(もしかして……)

あのときのひまりの様子で、察したのかもしれない。

ひまりが告白するつもりでいることに。

それをさけるために、今日は、わざと時間をずらしたのかも……。

どんどん悪いほうに考えてしまい、気分がしずんでいく。

そのうちに、いつも乗る電車がホームにすべりこんできた。

階段と秒針を交互に見るけど、陸斗はあらわれない。

ひまりは、もう少しだけ、陸斗を待つことにした。

その後、さらにもう一本電車を見送ったけど、それでも陸斗はまだこない。

次の電車に乗らなければ、遅刻確定だ。

(相川くん……こなかった——)

ひまりはうつむき、がっくりと肩をおとして、次の電車に乗った。


息をきらせて校門をくぐり、予鈴が鳴りひびくなか、廊下をダッシュでかけぬけて教室にたどりつくと、室内はなにやら騒然としていた。

(なにかあったのかな)

首をかしげながら、自分の席にむかったひまりは、ふと、教室内に陸斗の姿がないことに気づき、胸がさわいだ。

「おはよう。めずらしいね、ひまりがギリギリなんて」

人だかりにまじってしゃべっていた千夜子《ちやこ》が、ひまりを見ると、席までやってきた。

「うん。ごめんね。今日、いつものに間に合わなくて」

千夜子は、ひまりが高校に入ってからできた友達だ。毎朝、とちゅうの山金《やまがね》駅で待ち合わせをして、いっしょに登校している。

「それより、今日、なにかあったの？　なんか、みんな、様子がへんじゃない？」

バッグからハンカチをとりだし、額の汗をふきながらたずねると、千夜子はぐっと眉間《みけん》にしわをよせて、言った。

「相川が事故にあったんだって」

「――え……っ」

「車にはねられて、救急車で運ばれたって……」

ひまりの手から、バッグがするりとすべりおちる。

ハデな音を立てて床におちたバッグから、まるでスローモーションのように中身があたりに散らばった。

ひまりはそれを拾いあげることも忘れて、呆然《ぼうぜん》と立ちつくしていた。

1　出庫裏屋

ひまりが通う藤和《とうわ》高校は、家から電車で三十分ほど。とちゅうで一度、乗りかえがある。

同じ中学から藤和高校に進学したのは、ひまりのほかには、陸斗《りくと》だけだ。

陸斗とは、小、中と一度も同じクラスになったことがなかったのに、今年、高校に入学すると、はじめて同じクラスになれた。

中学生のころから陸斗に片想いしているひまりとしては、クラスわけのはり紙を見たときは、一生分の運を使いはたした気がしたほどだった。

でも、悲願の同じクラスになれたところで、二人が学校で話すことは、ほとんどない。

人あたりがよくて、某《ぼう》人気若手俳優によく似た精悍《せいかん》な顔立ち、長身で均整のとれた体つき、一年生にしてサッカー部のホープで、それでいて成績はつねに上位をキープ……。

モテ要素がふんだんに盛りこまれた人気者の陸斗と、地味でおとなしいひまり。

二人が属する世界は、まるでちがう。

その二人が、ほんの十分とはいえ、毎朝いっしょに通っているとは、だれも思わないだろう。


入学式の翌日の朝、駅で先に声をかけてくれたのは、陸斗だった。

ホームの真ん中あたりに立って、電車がくるのをぼんやりと待っていたひまりに、

『先頭の車両のほうが、山金駅《やまがね》で乗りかえるときに階段の真下に出るからラクだよ』

と、陸斗が得意げに話しかけてきたのだ。

『へぇ、そうなの？　よく知ってるね』

あこがれの陸斗に話しかけられて、ひまりは飛びあがりそうなぐらいおどろいたけど、冷静なふりをして、あいまいに笑った。

これって、ホームの先頭までいっしょに行こうってことなのかな。

それとも、たんに教えてくれただけ？

――好きな相手からのひと言って、心臓に悪い。

ひまりが勝手に深読みして、一人で一喜一憂《いっきいちゆう》しているとも知らず、

『ほら、早く行こうぜ。電車くるぞ』

陸斗は男友達どうしのような気軽なしぐさで、肩をぽんとたたいて歩きだした。

その日から、なんとなく、二人は毎朝同じ電車の同じ車両に乗るようになった。

先にきたほうが改札の前で待ち、二人がそろったら、いっしょにホームの先頭まで行って、同じ電車に乗る。

山金駅につくと、二人はそこで別れて、おたがいそれぞれが待ち合わせている友人と合流して登校する。

ひまりが陸斗といっしょにすごせるのは、山金駅で乗りかえるまでの、わずか四駅の区間だけ。

時間にすれば、ほんの十分ほどのことだけど。

毎朝の、その十分が、ひまりにとって一日でもっとも幸せな時間だった。

＊＊＊

「ご家族のごめいわくになるので、お見舞いはひかえるように」

朝のショートホームルームで、担任の先生はそう告げただけで、陸斗のケガの具合も、搬送《はんそう》先の病院名も、なにも教えてくれなかった。

お見舞いに行きたいと思っていたひまりは、ひそかにガッカリした。

その日、ひまりは授業にまったく身が入らなかった。

(相川《あいかわ》くん、大丈夫かな)

(どのていどの事故だったんだろう)

できることなら、今すぐにでも学校をぬけだし、病院にかけつけたい。

でもそんな大胆《だいたん》なこと、小心者のひまりにできるわけがない。

それに、陸斗が運ばれた病院がどこなのかもわからないし……。

病院がわかったとしても、朝の十分しか接点のないひまりがお見舞いに行ったたって、めいわくなだけかもしれないんだけど――。

なにをすることもできなくて、かといって考えずにはいられなくて、上《うわ》の空《そら》でいるうちに、午前の授業は終わってしまった。

昼休み、なんにも食べる気になれず、行儀悪くお箸《はし》でご飯をつついていたら、

「放課後、陸斗のお見舞いに行こうと思うんだけど、だれかいっしょに行かない？」

と、ケイコがクラスのみんなに大きな声でよびかけた。

ケイコというのは、クラスの女子のリーダー的存在だ。

読者モデルをしていて、たまにファッション誌に載ったりもしている。

少しワガママで強引なところもあるけど、なにをしても「ケイコだからね」とまわりも許してしまう。

人の目を気にしすぎて言いたいことも言えないひまりとは、真逆のタイプだ。

どうやらケイコは、なんらかのツテで、陸斗の入院先の情報を手に入れたらしい。

陸斗は今、山金総合病院にいるという。

「それって山金駅から歩いていけるんだっけ。だったら定期範囲内だし、わたしも行こうかな」

千夜子《ちやこ》が、ちょっとしたクラスイベントに参加するかのような軽いノリで言った。

「ひまりは？　いっしょに行こうよ！」

「うん、じゃあ、わたしも、行こうかな」

本当は行きたくてたまらないくせに、ひまりは、誘われたからしかたなく、というふりをして、小さくつぶやいた。

陸斗の人気を裏づけるかのように、放課後、ケイコのまわりには大勢のクラスメートが集まった。

学校の最寄駅である藤和駅から、電車で五駅。

山金駅は、三つの路線が乗りいれるターミナル駅だ。

毎朝ここで乗りかえてるのに、ひまりは山金駅の外に出たことは一度もない。

中央改札口を出て右に曲がり、歩道橋をおりると、カラオケボックスや飲食店が、大通りに面して立ちならんでいた。

「なあ、病院の帰りにカラオケ行こうぜ」

「いいね！　行く、行く！」

陸斗のお見舞いというより、クラスイベントのようなノリできているのは、千夜子だけじゃなかったらしい。

「カラオケだって。ひまりも行く？」

千夜子が目をかがやかせて聞いてくる。

「ううん、わたしはやめとく」

陸斗のことが心配でたまらないひまりとしては、それどころではない。

「ねぇねぇ、勝手にお見舞いに行ったりして、先生にバレたらやばいかな」

「バレないようにすればいいっしょ」

「おれ、今日、部活サボっちゃった」

「クラスメートの心配をしてなにが悪いのよ。怒られることはないと思うけどな」

みんなが明るく会話をかわすうしろから、

(相川くん、だいじょうぶかな)

(たいした事故じゃないといいんだけど……)

ひまりは、言葉少なに、ついて歩いた。

「えっ、面会できない――?」

病院についてみると、事態は思っていたより深刻だった。

陸斗は意識不明の重体で、今は集中治療室にいて、家族以外は面会できないらしい。

つまり、面会謝絶――?

ひまりの顔から血の気がひいた。

ひまりだけではない。

まさか陸斗の状態がここまでひどいとは思いもよらなくて、言い出しっぺのケイコをはじめ、みんなは動揺した。

「だから先生、お見舞いには行かないようにって言ってたんだ……」

そうとも知らずに、軽い気持ちできてしまったことがバツが悪くて、みんなでとぼとぼと病院をあとにした。


病院を出て、駅にむかうとちゅう、だれも、ひと言も話さなかった。

もちろん、カラオケに行く計画なんて、はじめからなかったかのように流れている。

「陸斗、だいじょうぶかよ……」

陸斗の親友の雅也《まさや》がつぶやいたけど、だれも返事できない。

きっとだいじょうぶだよ、なんて無責任なことは言えないし、かといって、不吉な言葉は口にしたくない。

雅也のつぶやき声は、宙ぶらりんに浮いたまま、気まずく空気にとけた。

(意識不明の重体って――。相川くん、そんなにひどい状態なの……?)

気がつくと、ひまりは、バッグにさげたりんごウサギのストラップをぎゅっとにぎりしめていた。

『来月の試合、出してもらえることになってさ』

朝、電車のなかでそう言ってうれしそうに笑っていたのは、つい先週のことなのに。

『すごいね！　一年でスタメン!?』

『まさか。一年でスタメンとれるほど藤和はあまくないよ。おれ、ただのひかえ。ベンチウォーマーってやつ』

藤和高校は県内の公立高校のなかでは一番のサッカー強豪校《きょうごうこう》だ。二年前には全国大会出場もはたしている。

部員の数も、ほかの部活とくらべてケタちがいに多くて、スタメン争いは熾烈《しれつ》をきわめているという。

『ベンチに入れるだけで、すごいじゃん』

三年でもなかなか試合に出させてもらえないらしいのに。

『まぁ、これが第一歩ってとこかな。ワンプレーでも出してもらえたら、思いっきりアピールするつもり。藤和に相川あり、って知らしめないとな！』

そう言って陸斗は照れくさそうに笑った。

自信たっぷりに豪語《ごうご》したあと謙虚に照れる、陸斗のそういうところも、ひまりは好きだ。

また、あの笑顔が見たい。

陸斗のプレーが見たい。

なのに、意識不明の重体って……。

――ひまりは、にぎりしめたストラップを見つめ、重いため息をついた。

（――あれ……？）

考えごとをしているうちに、みんなとはぐれてしまったみたい。

となりにいたはずの千夜子も、いない。

（ど、どうしよう――）

どこかで道をまちがえたのだろう。

ひまりは、見覚えのない住宅街のなかに、一人でいた。似たような門構えの一軒家が両側に立ちならんでいて、駅につづく大通りがどこにあるのかわからない。

さーっ、とひまりの顔から血の気がひいた。

毎日乗りかえている駅だけど、外に出たのははじめてで、ここがどこなのかサッパリわからない。

（どっちに行けばいいんだろう……）

とにかく、大通りに出なくっちゃ。

ひまりは、勘《かん》をたよりに、先へと進んだ。

でも、歩いても歩いても、見覚えのある道に出ない。

それどころか、道はどんどん細くなり、住宅街の奥のほうへと迷いこんでいるようだった。

こういうとき、スマホがあれば地図アプリにたよることもできるのに、家庭の方針とやらでひまりはスマホを持たせてもらえてない。

コンビニでもあれば、そこで道を聞くこともできるのだろうけど、あたりは一戸建てばかり。

（あちゃー。完全に迷っちゃった……）

どうすればいいのかわからなくて、立ちつくしていると、ふと、通りのむこうに不思議な建物が見えた。

戸建ての住宅のあいだに、レンガづくりの平屋の建物。

なんとなく、普通の家ではない気がして、ひまりは近づいてみた。

思ったとおり、そこは家ではなく、店かなにかのようだった。

古ぼけた、檜《ひのき》の一枚板の看板がかかげられていて、『出庫裏屋』と彫られている。

（なんて読むんだろう……）

看板を見あげて首をかしげていると、

からん、ころん。

カウベルのやさしい音色をひびかせながら、木製のドアがゆっくりと開き、なかから店主らしき男性が、じょうろを片手に、ひょっこりとあらわれた。

見た感じ、ひまりより、ひとまわりほど年上だろうか。背が高く、骨ばった頬《ほお》に黒縁メガネがよく似合う、知的な顔立ちをしている。

店主はドアのそばの植木鉢に水をやりながら、

「いらっしゃい」

とひまりに声をかけた。

「どうぞ」

店主がドアを手でおさえて開いてくれたので、ことわるのも気まずくて、

「あ、どうも、すみません」

と口ごもりながら、ひまりは店のなかに入った。

よく考えたら、べつに、なかに入らなくても、外で道をたずねればそれですむ話だったのだけど。

人見知りのひまりには、とっさにそこまで考えることはできなかった。

店内はカントリー調で統一されていて、木製の陳列棚《ちんれつだな》には、さまざまな大きさのビンがならんでいた。その一つ一つのなかには、オルゴールやぬいぐるみなどが入っている。

これってなんなんだろう。

そもそも、ここはいったいどういう店なんだろう。

……そう思っているのが顔に出ていたのか、

「ここは思い出を売買する店ですよ」

水やりを終えた店主が、ひまりにつづいてあとから店に入ってくると、にこやかに教えてくれた。

「思い出を……？」

「そう。思い出」

店主は、レジの横におかれた店のショップカードを一枚、ひまりにわたす。

カードの中央には、レトロなロゴで「出庫裏屋」と書かれていた。

ただそれだけで、ほかには、店の住所も電話番号もなにも書かれていない。

「ディクリヤって読むんですけどね。アラビア語で『思い出』という意味なんです」

「はぁ……」

アラビア語と言われたところで、それがどのあたりの言語なのかもピンとこない。

だいたい、思い出を売買って……。

「そんなの、どうやって……」

思わず、心の声が口に出てしまった。

するとと店主はハハハと笑った。

「言葉のとおりですよ。お客さまの思い出を買いとって、それとひきかえに願いを叶えるんです」

「願いを……？」

ひまりは、ぴくりと眉をあげた。

「信じられない、って顔してるね」

「ええ、そりゃ、まぁ……」

口ではそう答えつつ、ひまりは、胸がどくどくと高鳴った。

頭のなかに浮かんでいるのは、陸斗の笑顔。

(願いを叶えてもらえるって、本当なのかな……)

本当なわけがないってわかってるけど。

いっぽうで、信じたい、と思う自分もいる。

思い出を売って、それとひきかえに願いを叶えてもらえるなんて。

今どき、小学生でも、そんなことは信じないだろう。

バカげてる。

でも――。

この話を信じたい、とひまりは思った。

（それに、お金がかかるわけじゃなく、思い出を売るだけだったら――）

このとき、ひまりは、本気でそう思った。

思い出ぐらい、売ったところで、べつになにかを失うわけでもないし、と。

ひまりは、店主の顔をまっすぐ見あげながら、きっぱりとたずねた。

「思い出を売る方法を、教えてください」

2　一つ目の願い

其《そ》の一
思い出を売るには、その思い出にまつわる物もいっしょにさしださなければならない
其の二
叶えてほしい願いにまつわる思い出を売るべし
なお、思い出とひきかえに叶えられる願いごとの難易度は、思い出の幸せ度と比例する
其の三
この店のことは、けっして人に話してはならない

カードの裏には、そう記されていた。
その下には、小さな文字で、こうも書かれている。

補注　思い出を売ると、その物にまつわるほかの思い出も記憶から消える

「つまり、思い出にまつわる物さえあれば、それとひきかえに願いを叶えてくれるということですか？」

「そういうこと」

ひまりは、バッグにさげたストラップにちらりと目をやった。

陸斗《りくと》との思い出がつまった、大切なストラップ。

「では、たとえば、これを売れば、願いが一つ叶うんですか？」

重ねてたずねると、店主は静かにうなずいた。

「……」

ひまりは、じっと考えた。

このストラップも、あの日の思い出も、手放したくない。

（でも――）

ひまりは軽く息を吸いこみ、目を閉じた。

とたんに、陸斗の笑顔が浮かんでくる。

クラスで、声をあげて笑っている姿。

教室で、まじめに授業を受けている真剣な横顔。

放課後、部活で楽しそうにボールをおいかけている姿。

まぶたの裏に思いうかぶ陸斗の表情は、どれもまぶしくて、ひまりの心をきつくしめつける。

（相川《あいかわ》くんに、会いたい）

朝、ホームの端まで歩くとき、さりげなく線路側を歩いてくれる、やさしい陸斗。

電車が大きくゆれると、「だいじょうぶか」と聞いてくれる陸斗。

その陸斗が、今は意識不明の重体だという。

（そんなの、やだよ……！）

陸斗に、病院は似合わない。

いつだって元気な笑顔でいてほしい。

（相川くんを、助けたい――！）

ひまりは、心から、そう思った。

「わたし、思い出、売ります」

「本当にいいんですね？」

一度手放した思い出はとりもどすことはできないよ、と店主が念をおす。

「はい。だいじょうぶです」

ひまりの意思がゆるがないのを確認すると、

「では、こちらへ」

と、店主は、カウンターにむかった。

カウンターのむこうにまわると、店主はおもむろに白い手袋をはめた。

そして、レジ台の下から、ガラスケースを取りだす。ケーキ箱よりもひとまわり大きいサイズの箱で、なかはからっぽだ。

店主はうやうやしい手つきでふたを開けると、

「思い出の物を、このなかに」

とひまりをうながす。

ひまりは、バッグからりんごウサギのストラップをはずした。

それをケースに入れると、店主は注意ぶかくふたを閉じる。

無機質で透明なガラスケースのなかで、ほんわかとゆるい笑顔を浮かべるりんごウサギのストラップは、なんともそぐわない。

「では、これをはめて」

店主は、自分がはめているのと同じ、白い綿製の手袋をひまりにわたす。

それをはめると、今度は、両手をガラスケースの上におくよう指示された。

「ここに、こういうふうに」

「こう、ですか……？」

言われたとおり、ひまりは、ガラスケースの上に両手を静かにのせた。

「では、目をつぶって。この物にまつわる思い出を心のなかで思いうかべてください。できるだけくわしく、鮮明に」

「はい」

ひまりはもう一度だけりんごウサギのストラップをじっと見つめると、目を閉じ、これをもらった日のことを思いうかべた。

＊＊＊

あれは、高校に入学して、一カ月がたった日のことだった。

ようやく連休ボケもぬけ、高校生活に慣れはじめた、五月晴《さつき》れのあの日。

全国的に高気圧におおわれ、七月上旬なみの暑さに見舞われていた。

ひまりは朝から体調がすぐれなかったけど、学校を休むほどでもなかったし、第一、陸斗とすごせる朝の貴重な十分をのがすつもりはない。

立ちあがるとめまいがしたけれど、「これぐらい、だいじょうぶ」と自分に言い聞かせ、いつもどおりの時間に、駅にむかった。

ゲンキンなもので、駅で陸斗に会ったとたん、けだるさはふきとんだ。

その後、学校についても、いつもどおりの一日をすごすことができたけど……。

やはり、無理がたたったのだろう。

放課後、帰りの電車で一人になると、急激に疲労がおそってきた。

車内は混んでいるわけではなかったけど、席に座ることはできず、ひまりは立ちくらみと闘《たたか》いながら手すりにしがみつき、なんとか自宅の最寄駅につくまで耐えた。

でも、そこが限界だった。

電車からおりて、ほんの数歩も行かないうちに、視界にチラチラと透明な糸くずのようなものが大量に飛びかい、

（あ。やばいかも）

と思ったとたん、足元がぐらぐらとゆれるような感覚におそわれ、ひまりはしゃがみこんでしまった。

「あなた、だいじょうぶ？」

通りがかった親切なおばさんが声をかけてくれたけど、人見知りのひまりは、初対面の大人にあまえることができない。

「だいじょうぶです、ただの貧血です、すみません」

そう力なくくりかえしていたときのことだった。

「――そんな真っ白けな顔して、どこがだいじょうぶなんだ」

耳元で、怒気《どき》をふくんだ声がした。

「えっ、相川くん……？」

なぜか、目の前には、しかめっつらの陸斗がいた。

めまいがすると、幻覚が見えるのかな。

部活で帰りが遅いはずの陸斗が、この時間にここにいるはずがないのに。

「立てるか？　ここにいるより、もっと静かなとこに移動したほうがいいと思うんだけど……階段、おりられそう？」

陸斗はごく自然な動作でひまりのバッグを手にとると、

「ほら、つかまれよ」

と、片手をさしだす。

「なんで、相川くんがここに――だって、部活は……？」

週に二回しか活動のない家庭科部のひまりとちがい、陸斗が所属するサッカー部は、基本的に平日は毎日練習がある。

帰りが同じ電車になることなんて、今までなかったのに――。

「今日から試験期間だから部活は休み。ほら、つかまって」

さしのべた手に、いつまでもつかまらないひまりにしびれをきらしたのか、陸斗はひまりの腕をつかむと、ぐいっ、とひっぱりあげて立たせた。

立ちあがると、ひまりの肩に手をまわし、抱きかかえるようにささえて歩きだす。

（わわわっ！）

近すぎる距離に、ひまりは、貧血とはまたちがう意味でくらくらとめまいがしそうだった。

「だ、だいじょうぶだから！　一人で歩けるから！」

「そんな真っ白な顔してだいじょうぶとか言われても説得力ねーし」

通りすがりの人たちが、物めずらしそうに二人を見ている。

ひまりは、自分のせいで陸斗までジロジロと見られてしまうのが申しわけなくて、必死で「だいじょうぶだから！」とくりかえしたけど、陸斗はまるで聞かない。

「それとも、おんぶかだっこのほうがいいのか？」

「まままままさか！」

片想いしてる相手にそんなことをされたら、心臓が爆発してしまう。

「じゃあ、だまって歩いて」

陸斗はいたずらめかして笑うと、肩にまわした手に力をこめた。

「ここから段差だから。気をつけて」

なんて言いながら、ゆっくりと階段をおり、改札口にむかった。

駅前のロータリーには、いくつかベンチが設置されている。

陸斗は木陰《こかげ》のベンチにひまりをゆっくりと座らせると、

「ちょっとここで待ってて」

と言いおき、どこかに行ってしまった。

しばらくすると、陸斗はペットボトルを持って、もどってきた。

「水。飲む？」

どうやら改札口のそばにあるコンビニまで買いに行ってくれたみたいで、ひまりは申しわけなくなる。

「ごめん、わざわざ……」

「『ごめん』は禁止」

陸斗はスパッと切りすてるように言うと、バッグを地面におろし、ひまりのとなりに座った。

「えっと、じゃあ、ありがとう」

言いなおすと、

「それが正解」

陸斗は、にっこりと笑う。

「水、どれにしようか迷ったんだけどさ、なんかオマケがついてるからこれにした。これでよかった?」

たしかに、陸斗が手にしているペットボトルにはおまけがついていて、ビニールの小袋には「りんごウサギストラップ!　全9種!」と書かれている。

「ほら、飲みつけの水とかあるのかと思ってさ」

「飲みつけの水って」

行きつけの店、みたいな感覚で言われて、ひまりは思わず笑ってしまった。

「そんなの、ないよ。どれでも大丈夫」

たとえこだわりの銘柄《めいがら》があったとしても、陸斗がえらんでくれた水なら、それがいい。

「――あ、これのお金……」

「そんなの、あとでいいから。まずは飲めよ」

「う、うん」

実際、のどがたまらなくかわいていた。

ひまりは、「りんごウサギストラップ！　全9種！」と書かれた小袋を脇におき、ペットボトルのふたを開けようとした。

……が、指先に力が入らなくて、ふたをまわせない。

「かしてみ」

ひょいっ、とペットボトルをとりあげると、陸斗は軽々とふたを開けてくれる。

「ごめんね、そんなことまで――」

「だから『ごめん』は禁止」

「あ、ありがとう」

「どういたしまして」

水を一口ふくむと、のどがチクリと反応し、つづいてじんわりと奥まで水分がいきわたるのを感じた。改めて、どれだけのどがかわいていたかわかる。

ひまりは、ごくごくとのどを鳴らして水を飲んだ。

「――ふぅ。生きかえった。ありがとう」

やわらかな木もれ日を浴びながら、ひまりは大きく息をついた。

そのとなりで、陸斗は、自分用に買ったのだろう、バナナオレのパックにストローをさす。

「ふふ。相川くん、それ、好きだね」

「ああ。バナナオレは裏切らないからな」

そう言ってニカッと笑うと、陸斗はちゅーっと音をたてて一気に飲んだ。

「ありがとう、相川くん。わたしはもう少しゆっくりしていくから、相川くんは先に帰りなよ」

「べつに、家に早く帰ったところで、どうせやることないし。だらだらゲームするぐらいだし」

「え。今日から試験期間なのに？　勉強しなくていいの？」

「あ、『ごめん』のほかにも、もう一つ。『勉強』も禁止」

陸斗が嫌そうな顔をしてそう言うのがおかしくて、ひまりはふふふと笑った。

心地よい沈黙が、二人のあいだにおとずれた。

陸斗は、なにか話すでもなく、スマホをいじるでもなく、ただだまってひまりのそばにいてくれた。

うれしいのと緊張するのとで、ひまりは胸がいっぱいになる。

なにを話せばいいのかわからなくて、陸斗が買ってきてくれた水をちびちびと飲んだ。

（このまま時間がとまればいいのに――）

次の電車が到着したのか、改札口からはきだされた人波が、四方に散っていく。

その様子をぼんやりとながめながら、ひまりは、もう、具合がすっかりよくなっていることに気づいた。

けだるい浮遊感も、いつの間にか消えている。

でも、もう少しだけ、陸斗といっしょにいたくて。

ひまりは、具合がよくなったことをだまったまま、あともうちょっとだけ、陸斗との時間を味わうことにした。

――でも、いつまでもそうしているわけにはいかない。

やがて、また次の電車が到着し、乗客たちがぞろぞろと改札から出てくると、ひまりは自《みず》からこの心地よい時間に終わりを告げた。

「ありがとう、相川くん。もうだいぶよくなったから、そろそろ帰るね」

「もうだいじょうぶなのか？」

「うん。ありがとう」

ひまりはゆっくりと立ちあがった。

もう、立ちくらみもしない。

陸斗も、ひまりにならって腰を上げると、

「これ、いらないのか？」

と、ベンチにおかれていたビニールの小袋を持ちあげた。

ペットボトルのおまけについていた、りんごウサギのストラップだ。

「わたしがもらってもいいの？」

「おれ、べつにこんなもんいらないし。――水沢《みずさわ》は？　女子って、こういうの好きなもんじゃないの？」

「うん、まぁ」

とりたてて好きというわけではないけど、そういえば、今使っているシャーペンはりんごウサギだ。

「それに、おれがこれをつけてたら笑い者だろ」

「そうかなぁ」

たぶん、クラスの女子は「かわいい！」って大さわぎして、陸斗ファンの女子の間で爆発的にりんごウサギが流行《はや》るんじゃないかな。

――と、ひまりは思ったけど、言うのはやめた。

かわりに、素直にストラップをうけとり、

「ありがとう。大切にするね」

と、その場でバッグにつけたのだった。

＊＊＊

――どれほどの時間、思い出にふけっていただろう。

「ひまりさんの幸せな思い出、たしかにいただきました」

店主にそう言われ、ひまりはゆっくりと目を開けた。

まるで、長い旅から帰ってきた直後のような浮遊感におそわれている。

でも、時計を見ると、まだ六時前をさしていた。

ほんの数分しかたっていなかったらしい。

「では、今度は、叶えたい願いを心のなかでとなえてください。できるかぎり強く、はっきりと」

「はい」

ひまりは再び目を閉じると、ガラスケースにおいたままの両手をぎゅっとにぎりしめ、強く祈った。

（相川くんが助かりますように。意識がもどって、元気になりますように。お願いします。お願い、お願い、お願い――！）

心がちぎれそうなほどに、強く、祈りを捧《ささ》げた。

すると、閉じたまぶたのむこうで、閃光《せんこう》がひらめいた気がして、ひまりは反射的に目を開けた。

「――あれ？」

目が明るさに慣れてきて、ガラスケースのなかがハッキリと見えてくると……ひまりは首をかしげた。

ガラスケースのなかは、なにも入ってなかった。

（わたし、たしか、このなかになにかを入れた気がするんだけどな……）

なにを入れたのかは思いだせない。

でも、たしかになにかを入れた気がする。

なのに、からっぽだ。

ケースのなかをじっと見つめながら、不思議そうにまばたきをくりかえすひまりを見て、店主は、メガネの奥でやわらかくほほえんだ。

「これで手続きは完了しました。もうお帰りいただいてけっこうですよ」

「あ、はい……」

「駅なら、店を出て右に曲がって、一本目の道を左に曲がればすぐに大通りが見えるからわかると思うよ」

「あ、ありがとうございます」

からん、ころん、とカウベルのやさしい音に送られながら、店の外に出ると、店主の言ったとおり、駅へつづく道はすぐに見つかった。

さっきはなぜ見つけられなかったのか不思議なぐらい、大通りはすぐ近くにあった。

きつねにつままれた気分で駅にむかって歩いていると、ふと、ひまりはあることに気づいた。

（わたし、自分の名前、言ったっけ——）

さきほど、店主は「ひまりさんの幸せな思い出、たしかにいただきました」と口にした。

——名乗った覚えは、ないのに。

うすら寒くなって、ひまりは肩をぎゅっとちぢこまらせて、駅までの道のりを急ぎ足で歩いた。

3　思い出の効果

次の日の朝。

ひまりは駅につくと、改札の前で立ちどまった。

いつもと同じ時刻、同じ場所。

ただ一つ、いつもとちがうのは、陸斗《りくと》がいないこと。

今朝、目が覚めたとき、ひまりは昨日のことがすべて夢だったらいいのに、と心から願った。

陸斗が事故にあったのも、意識不明で面会謝絶だったことも、ぜんぶ。

ここにきたら、いつもとかわらない元気な笑顔で、改札の前で待っててくれてたらいいのに。

そう思ってた。

そしたら、電車のなかで、おかしな夢を見た話をしよう。

そう思ってたのに――。

（相川《あいかわ》くん、いないじゃん……）

どうやら、昨日のことは、夢じゃなかったみたい。

（ってことは、あの店も、本当にあったことだったのかな――）

さすがにあれは夢だと思うけど――。

ひまりは、財布からカードを一枚とりだした。

表には、「出庫裏屋《ディクリヤ》」と書かれている。

たしか、どこかの国の言葉で「思い出」という意味だと言っていたっけ。

裏がえすと、思い出を売るにあたっての注意書きがあった。

やっぱり、昨日、あの店に行ったのは夢ではなかったようだ。

ひまりは、財布をしまうと、無意識のうちに、バッグの側面に手をやった。

でも、そこには、なにもない。

ただ手持ちぶさたに側面をなでるだけ。

――なにかが物足りない。

でも、なにが足りないのか、わからない。

もどかしくて、不安で、たまらなくなる。

『二番線に電車がまいります。危険ですので、黄色い線の内側で――』

ホームから聞きなれたアナウンスが流れてきて、ひまりは、はじかれたように顔を上げた。

ロータリーのほうを見てみるけど、やっぱり、陸斗はこない。

ひまりはバッグの持ち手をにぎりなおし、一人、改札を通った。

「ねえねえ、聞いた？　相川のこと！」

山金《やまがね》駅のコンコースで合流するなり、千夜子《ちやこ》が興奮ぎみに言ってきた。

「昨日、うちらが病院から帰ったあと、相川の意識がもどったんだって！」

「え――？」

ひまりは息をのんだ。

「――そ、そうなんだ……」

スマホを持っていないひまりは知らなかったけど、陸斗の意識がもどったことを聞いた雅也《まさや》が、昨夜のうちにメッセージアプリでクラスのみんなにいっせいに報告したらしい。

「医者が感心するぐらいの、脅威の回復力らしいよ！　さすが相川だよねぇ」

「そうだね、さすが、だね――」

心臓がバクバクとへんな音をたてる。

「相川くん、意識、もどったんだ……よ、よかったね」

喜ばしいことのはずなのに。

喜びよりも先に、とまどいがきてしまう。

（まさか、ね──）

頭にもたげる、とある考え。

それをふりはらうように、ひまりは小さく頭をふった。


「ほんと、すげぇよなぁ」

「陸斗は回復力も超高校級かよ」

教室につくと、ここでも、陸斗の話でもちきりだった。

昨日、あの後、雅也が忘れ物に気づき学校にもどったらしいのだが、そのときに、

『陸斗くんの意識がもどったんですか⁉』

と、担任の先生が大きな声で話しているのが聞こえたのだそうだ。

「ちょうど六時ごろだったぜ。完全下校の音楽が流れる直前だったし」

「えーっ！　うちらが病院に行ったのって、五時ぐらいだったじゃん！　行くのがもうす

こし遅かったら会えたかもしれないってこと？」

みんなの話し声が、ＢＧＭのように耳の奥で反響する。

――六時……？

どきん、となにかがひまりの胸をつきあげる。

（それって――）

ひまりが店で思い出を売ったとき、時計を見たら六時前だったことを覚えている。

（たまたま、だよね――）

でも、あまりにもぴたりと合いすぎる符号は、「たまたま」ですませられるものではない。

『ひまりさんの幸せな思い出、たしかにいただきました』

店主のおだやかな声が脳内でよみがえり、ひまりは身ぶるいした。

その日、ひまりはずっと考えていた。

授業中はもちろん、休み時間も、ずっと。

（相川くんの意識がもどったのは、あのお店の効果があったから――？）

そんなわけがない。

思い出を売って、それとひきかえに願いを叶えてもらえるなんて、そんなことが現実にあるわけがない。

そう思うのに、なぜか、否定しきれないでいる。

あの店の独特の雰囲気が、もしかすると本当かも――と思わせるのだ。

それに、陸斗が意識をとりもどした時間が、あまりにもぴったりすぎる。

(でも、いくらなんでも、そんなことがあるわけないじゃない)

――朝から何度も同じことをぐるぐると考えていて、だんだん頭が痛くなってきた。

これ以上考えてもしかたない。

(病院に行ってみよう)

ひまりは、そう決めた。


放課後、ひまりは一人で病院にむかった。

窓口で、相川陸斗のお見舞いにきたことを告げると、昨日とちがい、すんなりと病室の番号を教えてくれた。

もう、面会謝絶ではないようだ。

つまり、この時点ですでに、陸斗がとつぜん奇跡的な回復をとげたというのは事実だったと証明されてしまったわけで……。みんなが言っていたとおり、たんに陸斗の回復力がすごいということなら、それでいい。

そうでありますようにと願いながら、ひまりはエレベーターに乗りこみ、陸斗の病室にむかった。

小さな個室には、大きなベッド。

病室の扉は開いていて、なかをのぞくと、陸斗はベッドに横たわり、ぼんやりと天井をながめていた。

足も、手も、ギプスでかためられていて、頭にも包帯が巻かれている。

昨日までは意識がなかったぐらいなのだから、重傷なのは当たり前だけど、こんなにひどい状態だったとは――。

予想をはるかに上まわる、痛々しい姿に、ひまりは足がすくんだ。

先生の言っていたとおり、気軽にお見舞いにきてはいけなかったかもしれない。

このまま、会わずに帰ろうかな――。

そう思った矢先、陸斗が、気配に気づいたらしい。

ゆっくりと首を動かし、出入り口のほうをむいた。

「水沢《みずさわ》……？」

そして、そこにいるのがひまりだと気がつくと、目を大きく見ひらいた。

「ご、ごめん！　急にきたりなんかして、めいわくだったよね」

首を動かすのさえつらそうな陸斗を見ると、軽々しくお見舞いにきたのが非常識だったように思えて、ひまりはあわてて帰ろうとした。

「いや、びっくりしただけ。つーか、めいわくなわけないだろ」

ひまりから視線をはずさず、陸斗が口をとがらせる。

「だって、動くのもしんどそうだし……そんな大変なときに、ごめん」

「だいじょうぶ。ぼーっとしてたから、だるいだけ。むしろ、ひまで死にそうだし、ぜんぜんめいわくじゃないし」

「う、うん。ありがとう」

めいわくなわけがない、と言いきってくれたのがうれしくて、とっさに礼を言うと、陸斗は目をまるくして、ハハッと笑った。

「なんで水沢がありがとうなんだよ。お見舞いにきてもらってお礼を言うのは、おれだろ」

「あ、そっか」

陸斗は、ギプスをしていない左手をゆっくりと動かし、リモコンを手にとると、ボタンを押した。

するとヽベッドがブイーンと音をたてて、真ん中あたりから起きあがる。

「これ、すげぇだろ。電動リクライニングだぜ。かっこいいよな。――イテテ」

体勢がかわると、痛いのか、陸斗は顔をしかめる。

「だいじょうぶ⁉　無理して起きあがらなくていいから。ほんと、寝てていいよ。わたし、すぐ帰るね」

「だから、だいじょうぶだって。退屈で死にそうだって言ってるんだから、帰るなよ」

ちょうどいい高さまで上体が起きあがったところで、陸斗はボタンから手をはなす。心配そうなひまりを安心させるかのように、にっこり笑った。

「でも、ほんと、びっくりした。まさか水沢がきてくれるとは思わなかったからさ。――こっちの部屋にうつったことも、まだだれにも連絡してなかったし」

陸斗のスマホは、事故にあったときにこわれてしまったらしい。

「母さんは、親戚《しんせき》とか近所のおばさんたちとかに連絡しまくってるみたいだけどな。今日も朝から、近所のおばさんがいっぱいきてくれたんだけどさ。みんなおれの見舞いなんか口実で、ただ母さんとしゃべりたいだけなんだよなー」

「あはは。相川くんのお母さん、知り合い多そうだもんね」

陸斗の母は社交的で、役員なども率先して引き受けるタイプだ。中学の行事のときも、いつもあちこちでいろんな人と井戸端会議をしている姿を見かけた。

「それで、朝からいっぱいお菓子もらったんだけど——水沢、食べる？」

陸斗は、くいっとあごをそらし、ベッドのサイドテーブルをしめした。

見ると、そこには、名前は聞いたことがあるけど食べたことのないような、有名ブランドの洋菓子の箱がいくつかつまれている。そのどれもに「御見舞い」と書かれた熨斗《のし》がまかれているのを見て、

「あ——！」

ひまりは、思わず口もとをおさえた。

「ご、ごめん！　わたし、お見舞いなのに、手ぶらできちゃった！」

なんて気がきかないんだろう。

陸斗の意識がもどったかどうか——あの不思議な店のことが本当かどうか——それをたしかめるのに頭がいっぱいで、お見舞いの品のことにまで、気がまわらなかった。

青ざめているひまりを見て、逆に、陸斗はあきれた顔をする。

「いいじゃん、手ぶらで。学校から直接きてくれたんだろ？　それでこういう菓子とか持ってたら、逆におどろくし」

「でも……」

とちゅうで花でも買ってくればよかった。

そういえば、病院のそばにも花屋があったのに——。

「じゃあさ。次くるときは、ポテチ持ってきてよ」

「えっ」

次——？

（つまり、またきてもいいっていうこと……？）

思いがけず「次」の約束ができて、ひまりの心拍数が急激に上がる。

でも、まさか、ひまりがそんなことでドキドキしているとは思ってもいないのだろう。

陸斗は、ひょうひょうとしている。

「こんなこと、言っちゃいけないってわかってるんだけどさ」

病室の出入り口をちらりと見やり、だれもいないことを確認すると、陸斗は用心ぶかくつづけた。

「こういう高級なお菓子、おれ、あんまり好きじゃないんだ。それよりポテチが食いたい」

「ふふ、わかった。じゃあ、こんどくるときは、ポテチ買ってくるね」

「サンキュ」

陸斗は、まぶしいほどの笑顔で、うれしそうに笑った。

入院患者のお見舞いをするときは、患者の負担にならないよう、長居しないのがマナーだと、なにかで聞いたことがある。

「急にきてごめんね。そろそろ帰るね」

こうして陸斗と二人きりでしゃべる機会なんて、朝の電車以外ではめったになくて、ひまりとしてはずっとここにいたいところだけど——。

もちろん、そういうわけにはいかない。

「じゃあね。お大事に」

もっと陸斗とすごしたい気持ちを押しかくして、ひまりは病室をあとにした。

4　一週間の陸斗ロス

(ふふふ。いっぱいしゃべっちゃった)
山金《やまがね》総合病院を出ると、ひまりは、頬《ほお》がにやけてくるのをおさえられなかった。
(明日はポテチを持ってこなくっちゃ!)
——なんて、ウキウキしながら、気のむくままに歩いていたら、
「あ。ここって……」
気がつくと、出庫裏屋《ディクリヤ》の前にきていた。
(そうだ!　せっかくだし、よっていこうっと)
からん、ころん。
カウベルの音をかろやかにひびかせながら、扉を開けると、
「いらっしゃい。そろそろかな、と思っていたところでしたよ」
店の棚にハタキをかけていた店主が、ふりかえってにっこりと笑った。

「え――」

今日、ここにきたのは偶然で、店に入ったのも、そこで思いついたばかりなのに……。

やっぱり、この店は、どこか薄気味悪い。

ひまりが出入り口で立ちつくしていると、

「願いは叶えられたでしょう?」

ハタキをしまいながら、店主が目を細めた。

昨日と同じやさしい笑みに、なぜだろう、ひまりはぞわりと背すじが寒くなる。

「えっと……。昨日のことは、やっぱり、本当のことだったんですか……?」

ひまりはまだ信じきれずにいた。

思い出を売って、それとひきかえに願いを叶えてもらえるなんて。

「ええ。みなさん、初回はそうおっしゃいますね。でも、夢ではありませんよ」

「あの、つかぬことを聞きますが――。わたし、なんの思い出を売ったんですか?」

すると、店主は静かに首を横にふった。

「それは言えないことになっています」

「そうですか……」

なんとなく予想していた答えではある。

「でも、思い出とひきかえに願いを叶えてもらったのは、事実なんですね？」

「ええ」

店主がおだやかにほほえむ。

「でも――」

一つだけ、腑《ふ》におちないことがある。

ひまりは、陸斗《りくと》の回復を願ったはずなのに、陸斗はまだ完全には治ってない。

全身包帯だらけで、首を動かすのもやっとだった陸斗の痛々しい姿を思いだし、ひまりは胸が痛んだ。

「思い出とひきかえに願いを叶えてくれるなら、なんで、相川くんはまだ治ってないんですか」

「書いてあったでしょう、叶えられる願いは、思い出の幸福度と比例しているって。あんなに重体だった方を快復させるのは、相当な力が必要です。本当なら、あのていどの思い出でしたら意識をとりもどすにも足りなかったのですが、初回だから特別サービスさせていただきました」

店主が淡々と話す。

「あのていどの思い出」と言われて傷つかないわけではないけど、どんな思い出を売ったのか覚えてないひまりに、言いかえす資格はない。

「あ、そうそう、言いわすれていましたが」

店主が、思いだしたように言った。

「思い出を一つ売ると、次は一週間、間隔をあけなければ買い取れません」

「えっ」

「たとえば、痛み止めの薬などを連続して服用するときは、六時間以上あけなさい、と言われることがあるでしょう？　それと似たようなものですよ」

「はぁ……」

よくわかるようなわからないようなたとえだけど、つまり、次の思い出を売るには一週間以上待たなければいけないらしい。

（まぁ、べつに、いっか。相川《あいかわ》くんも元気そうだったし、もう思い出を売る必要もないもんね）

まずは、明日。ポテトチップスを持ってお見舞いに行けば、陸斗に会える。

（早く明日にならないかな――！）

ケガをして入院しているというのに不謹慎《ふきんしん》だと自分でも思うけど、ひまりは、明日がくるのが楽しみでならなかった。

***

さっそく陸斗のお見舞いに行ったのは、ひまりだけではなかったらしい。

次の日、学校につくと、教室で雅也《まさや》たちは女子から非難をあびていた。

「雅也たち、昨日、部活のあとに相川のお見舞いに行ったんだって。そしたらさわぎすぎて看護師さんに怒られたみたい。次もまたうるさくしたら面会禁止にするよ！　って言われたらしいよ。バカだよね～」

だれから聞いた情報なのか、千夜子《ちやこ》が、くすくす笑いながら教えてくれる。

「雅也たちが出禁になるのはどうでもいいけどさ。うちらまで行けなくなったら、ホントめいわくなんだから、やめてよね」

ケイコが頰《ほお》をふくらませてそう言うと、女子たちはいっせいに「そうだ、そうだ」と声をそろえた。

あちこちから責められて、雅也をはじめとするサッカー部の部員たちは、きまり悪そうに苦笑いをした。

「ねえねえ、お見舞いが禁止になる前に、わたしたちも行こうよ！」

千夜子にさそわれて、ひまりはぎくりとする。

昨日、すでに一人で行ったとは、言いづらい。

「本当は今日行きたいんだけどさ。一昨日《おととい》、部活サボって病院に行ったこと、先輩らにバレてこってりしぼられたんだ。明日は部活ないし、明日にしよう！」

千夜子はテニス部。藤和《とうわ》高校のテニス部はゆるいほうで、週に三回しか活動日がない。

「明日ね、わかった」

「わーい、楽しみ！　ほかにもいっしょに行きたい子、いっぱいいると思うから、声かけておくね」

やっぱり千夜子は、陸斗のお見舞いというよりは、ちょっとしたクラスイベントのノリでいる。

「そんなに大勢で行って、めいわくじゃないのかな……」

ひまりは、昨日行ったときの、静まりかえった病棟を思いだし、不安にかられた。

「だいじょうぶ、だいじょうぶ。相川も喜ぶって、きっと」

でも千夜子は、ひまりの心配をよそに、のんきに笑った。

結論からいうと、だいじょうぶではなかった。

「病院から注意の電話がありました。病棟は学校ではありません。相川くんだけでなく、ほかにもたくさんの患者さんがいらっしゃいます。そこで大さわぎをするとはなにごとだ！」

その日の帰りのホームルームで、担任の先生が、語気をあらくして言うと、心あたりのあるらしい男子たちが、しゅんとうなだれた。

「当分、相川くんのお見舞いは禁止にします」

思ったとおりの展開だったけど、

「えーっ！」

ケイコをはじめ、主に女子たちが、声をあげて抗議した。

「おかしいと思います。昨日大さわぎした男子たちが禁止になるのはわかりますが、わたしたちもですか？」

ケイコが凜《りん》とした声で言ったが、担任はとりあわない。

「昨日は、サッカー部員だけでなく、ほかにもおおぜいが入れかわり立ちかわり押しかけたそうです。近くの病室の方々にもずいぶんめいわくをかけたと聞いています。面会をひかえてくださいというのは、相川くんのご家族の意向でもあるので、その意味をよく考えるように」

「なるほど。ようするに、相川ファンの女子がここぞとばかりに押しかけて大めいわくしてる、ってことだろうね」

千夜子があごに手をあて、ふむふむとなっとく顔でうなずいているけど、「ここぞとばかりに押しかけ」た一人であるひまりは、ギクッとして肩をすぼめた。

（もしかして、わたしもめいわくだったのかな――）

でも、それだったら、「次くるときは、ポテチ持ってきてよ」なんて言わないよね……。

それともあれは、ただ会話の流れで言っただけで、本当はめいわくだったのかな……。

ひまりが期待と不安に交互におそわれているあいだにも、先生は、もう一度キッパリと言った。

「個人で勝手に相川くんの面会に行くのは、禁止にします。どうしても相川くんに用事がある者は、事前に先生に申し出ること。面会の許可を得たら、先生もいっしょに行きます」

先生同伴でお見舞いなんてイヤだ、とブーイングの嵐がおきたが、これは決定事項のようだった。

「明日の約束、流れちゃったね」

千夜子が残念そうに言う。

「だね」

ひまりも、残念でならない。

（相川くんにポテチ、持っていきたかったな……）

　せっかく「次」の約束をくれたのに……。

　陸斗とは、退院するまで会えない。

　ひまりは、早く陸斗に会いたくてたまらなかった。

（そうだ……！　思い出を売って、相川くんに会えますようにってお願いすればいいんだ！）

　ひまりはパッと顔をかがやかせたけど、

（あ、でも、一回会ったらそれっきりで願いごとの効果が消えちゃうし――）

　と思いあたり、それはもったいなさすぎるので却下した。

（うーん、なにかほかに、いいお願いごと、ないかな――）

　たとえるなら、三つの願いごとを叶えてくれる妖精に「願いをあと三つ増やしてください」とたのむような、そんないい方法はないかと、ひまりは懸命《けんめい》に考えて……、

（あ、そうだ！）

　思いついたのが、これだった。

（相川くんが、早く退院できるようにお願いすればいいんだ！）

　退院すれば、また、毎朝電車で会えるもん。

（うふふ。わたしって、天才！）

陸斗のことが心配なのももちろんあるけど、それ以上に、ひまりは早く陸斗に会いたかった。

――でも、一週間たたないと次の思い出を売ることができない。

（うう、早く一週間たたないかな……）

5　二つ目の願い

一週間たてば、また、思い出を売りに行ける。
ひまりは、指折り数えてその日を待っていた。
(そしたら、相川《あいかわ》くんが退院できますようにってお願いするんだ――!)
それまでに、どの思い出を売るのか決めておかなければならない。
(うーん……。でも、思い出にまつわる「物」って、なかなかないよ……)
ささいな思い出なら、いくつかあるけど。
それにまつわる「物」も必要となると、むずかしい。
そもそも陸斗とは接点があまりなくて、思い出自体、たくさんあるわけじゃないのに。
(相川くんとの思い出といえば、これなんだけど……)
自分の部屋で机にむかっていたひまりは、バッグのなかから赤い手袋をとりだした。
片方しかない、赤い手袋。

親指の先が、少しほつれている。

(でも、この手袋は、売れないよ……)

ひまりは、ほつれた糸の先をそっとなでると、ふたたびバッグにもどした。

「――だったら、アレにするしかないか……」

小さく息をつくと、こんどは筆箱から消しゴムをとりだした。

使いふるされて、すっかりまるくなった、小さな消しゴム。

ヘタだけど味のあるタッチで、ドクロのイラストが落書きされている。

「これも、大切な思い出なんだけど……」

まるくて黒ずんだ消しゴムを、ひまりは手のひらにのせてみる。

ころん、ところがる消しゴムをながめながら、ひまりは、一年前のできごとを思いだした。

＊＊＊

去年の夏は、記録的な猛暑だった。

中学三年生の夏休み終盤。その日も、ひまりは朝から市立図書館にいた。

確保した席で雑誌を読んでいると、

「すみません、となり、あいてますか」

と声をかけられた。

「あ、はい、どうぞ」

言いながら、床に置いていた荷物を自分のほうによせて、相手を見あげて――。

ひまりは、目を大きく見ひらいた。

「あ、相川くん……！」

そこにいたのは、ひそかに想いをよせている、となりのクラスの陸斗《りくと》だったのだ。

まさかこんなところで会えるとは思わず、おどろきとうれしさがないまぜになって、言葉も出てこない。

ひまりが口をパクパクさせていると、陸斗は苦笑いしながら、となりにどっかりと座った。

「ははっ。そんなにおどろかなくても」

「えっ、だ、だって――」

二学期になるまで会えないと思いこんでいた片想いの相手に思いがけず話しかけられて、おどろかないわけがない。

「まさか相川くんが図書館にくるとは思わなかったから……」

「おれだって図書館ぐらいくるし」

「えっ、そうなの⁉」

「そこまでおどろくことか？」

「だって、いちばん対極にあるっていうか、相川くんと図書館って、めずらしい組み合わせだし……」

「なにげにひでえな」

口ではそう言いながらも、気を悪くしたふうでもなく、陸斗はのどの奥でくくくと笑う。

「まぁ、たしかにおれが図書館にくるのはめずらしい、つーか中学になってからははじめてなんだけどな」

「ほら、やっぱり」

ひまりは小さく笑った。

だって、ひまりは夏休みのあいだ、ほぼ毎日図書館にきていたけど、陸斗を見かけたことは一度もない。

「じつは昨日、うちのエアコンがこわれてさ。家にいたら蒸されそうだし、どこかエアコンのあるところに避難しようと思って」

「エアコン、このタイミングでこわれちゃったの⁉　それは大変だね」

お盆が終わったとはいえ、暑さはまだまだ容赦《ようしゃ》ない。

「昼間はここでもいいとして、夜とか大変そう」

思ったことをそのままつぶやいたら、

「そう、それなんだって！　さすが、水沢《みずさわ》さんはわかってらっしゃる」

わかってもらえたことがうれしいのか、陸斗がぽんと手をたたき、身を乗りだした。

急に近づいた距離に、ひまりは息がとまりそうなぐらい緊張した。

(今、水沢さんって言った！)

小学校も中学校も一度も同じクラスになったことがないし、家が近いわけでもない。

接点なんてないから、今まで、しゃべったことは一度しかない。

ひまりが一方的に知っているだけで、むこうはひまりの名前も知らないと思っていた。

(まさか、わたしの名前、覚えてくれてたなんて！)

ひまりのそんな思いも知らず、陸斗はまるで昔からの知り合いかのように、親しげに話しつづける。

「窓を全開にしても、扇風機つけても、生ぬるい風しかこないしさ。寝苦しくてたまんねえよ」

自宅は地獄《じごく》だ、とうなりながら、陸斗は天井をあおぐ。

「エアコン、早く直るといいね」

あ。でも、エアコンが直るまでは毎日こうして図書館にくるのかな。

それなら、ずっとこわれたままでいいのにな……。

陸斗が不便な思いをしているというのに、ひまりは、そんな自分勝手なことを考えてしまう。

「明日、修理にきてくれるってさ」

「そう。よかったね」

(——なあんだ。明日、もう直っちゃうんだ)

一瞬、これから毎日ここで会えるのかと思って胸をときめかせたけど、世の中そう思いどおりにはいかない。

「水沢さんはなんで図書館にきたの？　やっぱ、受験勉強？」

「いや、べつに、勉強ってわけでは……」

あわてて机の上のものをかくそうとしたけど、それより先に、陸斗がひょいっと手もとをのぞく。

「なんだ、勉強じゃねえのかよ！」

ひまりが広げていたのが雑誌だとわかると、陸斗はふきだした。

でも、それもほんの数秒のこと。

雑誌の内容を見て、陸斗は「おっ」と声をあげた。

「水沢さん、サッカー好きなの？」

陸斗は意外そうな顔をして、記事をのぞきこむ。そのページはイタリアのサッカーリーグで活躍する選手の特集記事がくまれていた。

「おいおい、よく見たら、この雑誌、英語じゃん。すげぇな、水沢さん、英語読めるの？」

陸斗は真顔になって、雑誌とひまりを交互に見た。

「まさか。この選手が好きだから手にとってみたら、英語だったってだけ」

半分ウソで、半分本当だ。

この選手の特集が見たいのは本当。

でも、この雑誌をえらんだのは、それだけが理由じゃない。

はじめからこの雑誌が洋雑誌とわかっていてえらんだ。

この図書館には洋雑誌が豊富におかれていて、ひまりがここにくるのは、それも目当ての一つだったりする。

「ふうん。なんていう選手？」

「ヴィト・ピアッツァ。日本ではあまり注目されてないけど、イタリアのセリエA《アー》で最近人気急上昇なんだよ」

「へえ、知らなかったなぁ」

陸斗は雑誌をパラパラとめくると、

「すげぇな、この選手の体幹。――おっ、ちょっと待って、ほんとにすげぇよ、この選手」

記事の内容がわからなくても、写真を見るだけですごさがわかったらしい。

はじめはちゃかしながらながめていた陸斗だが、しだいに真剣な顔つきになり、じっと記事を読みはじめた。

「ああ、くそっ！　なんて書いてあるのかわかんねえ！」

英語ちゃんと勉強しときゃよかった……とくやしがる陸斗を見ていると、ひまりはふと、話したくなった。

「ほんとはね」

本当は、だれにも言うつもりはなかったことを。

「さっき、たまたま手にとったら英語の雑誌だったたって言ったけど――ちょっとちがうの」

「ふうん？」

陸斗は、雑誌を机の上におくと、話のつづきをうながすようなあいづちを打ち、ひまりの目を見つめた。

「わたし、スポーツジャーナリストになりたいんだ。世界中のトップアスリートを取材したい。だから、英語の勉強してるの」

これは、まだだれにも話したことがない夢。

なぜだろう、陸斗には話したくなった。

「この選手が好きっていうのもホントなんだけど、わたし、この雑誌も好きなんだ。毎月読みにきてるの」

「マジ⁉　すげえな！」

「辞書をひきながらでも、半分もわからないんだけどね」

照れながら、ひまりは肩をすくめた。

これでもだいぶマシになったほうだ。

以前は、見出しさえちんぷんかんぷんだったのだから。

「いつかわたしが書いた記事がこの雑誌に載るといいなあ……なんてね。さすがにそんな日がくるわけないっていうか、夢のまた夢だけど！」

照れかくしもあって、最後はちゃかすように、そうしめくくったけど、

「そんなことないだろ」

陸斗が真剣な顔つきで言う。

「だって、このノート、今まで水沢さんが調べたメモだよな？」

陸斗は、雑誌のそばに開きっぱなしにしていたB5のノートを指先でトントンとたたいた。

そこには、これまでひまりが一生懸命《けんめい》勉強してきた軌跡《きせき》が残っている。

「水沢さんのその夢、すげえ、いいと思う。叶うといいな。つーか、ぜったい実現してほしいよ」

「——ありがとう」

じんわりと胸があたたかくなるのを感じながら、ひまりは礼を言った。

「バカにされるかも、ってちょっと不安だったから……そう言ってもらえて、うれしい」

「バカになんかするわけないだろ。おれ、そんなふうに見えるか」

ぽろっと本音をもらすと、陸斗は気分を害したふうで、フキゲンそうに言った。

「それに、夢ならおれだってあるし。おれ——」

一瞬のためらいのあと、陸斗は顔を上げて、きっぱりと言いきった。

「おれ、本気でプロのサッカー選手、めざしてる」

「うん」

まぶしいほどにまっすぐなまなざしに、ひまりの胸がとくんと高なった。

「五年生のとき、うちのクラスにパウロっていうやつがいたの、覚えてる？」

「さあ……」

ひまりは首を横にふった。

陸斗とは小学校も同じだったけど、一度も同じクラスになったことがない。

小学生のころって、クラスの存在は、すごく大きい。クラスがちがえば、まるで別世界だ。外国からの転校生はほかにも何人かいたけど、パウロという名前の男の子のことは、ひまりの記憶になかった。

「ブラジルからきたやつだったんだけどさ。はじめ、パウロは日本語があまり話せなくて、休み時間とかになると、おれらもどう接したらいいのかわからなかったんだ。けど、とりあえずサッカーする？　ってさそってみたら、パウロ、サッカーめっちゃうまくてさ。それがきっかけでおれら一気に仲よくなった」

そのときのことを思いだしているのか、陸斗はうれしそうな笑顔を浮かべた。

「サッカーは国境も言葉の壁もこえるって感動したよ。パウロは一年しかこっちにいなくて、六年生になる前にブラジルにもどっちゃったんだけどさ。引っ越しの日、見送りに行ったとき、おたがいサッカー選手になってワールドカップで戦おう、って約束したんだ」

「へぇ、すてきな約束だね！」

ひまりは思わず胸の前で手をくみ、目をかがやかせた。

こういう約束は胸を打たれる。

「野球のアニメとかでも、たまにあるよね。引っ越していく仲間と『甲子園で会おうぜ！』って約束するシーン。あれのワールドカップ版だね！」

スケールがでかい、と感心しているひまりを、陸斗はじっと見つめた。

「水沢こそ、バカにしないのか？」

「なにを？」

「いや、だって、ほら。小学生のころのそんなガキくさい約束を本気にして、いまだにサッカー選手目指してるとかさ。バカにするかなと思って」

「えっ、なんで？　そんなの、バカにする理由がないじゃん」

思ったとおりのことを口にしただけなのに、陸斗は目を細め、ふわりと笑った。

「そっか。ありがと」

「……なんでわたしがお礼を言われるのかわからないけど……わたしこそ、ありがと。すてきな夢を聞かせてくれて」

ひまりはにっこりと笑った。

「いつか、もしわたしの夢が実現したら、相川選手の今の話、記事にしていい？」

「はは。相川選手って」

それ、いいひびきだな、と陸斗は、はにかむように笑った。

「そうしてもらうためにも、おれもマジでプロ目指すから。――その約束、ぜったい忘れるなよ」

「うん」

ぜったいに、忘れない。

この日のことは、ぜんぶ。

会話の内容だって、一言一句忘れたくない。

ひまりは、強くそう思った。

「――さて、そろそろ勉強するか。一応受験生だしな」

「ふふふ。そうだね」

その後、二人は受験生らしく勉強をはじめた。

「あ。しまった」

しばらくすると、ひまりは消しゴムがないことに気づき、困っていたら、

「これ、使えよ」

と陸斗が小さな消しゴムをかしてくれた。

「ありがと」

まちがえた箇所《かしょ》を急いで消して、かえそうとしたら、陸斗はうけとらなかった。

「まだ使うだろ？　持っとけよ」

「いいの？　ありがとう」

ひまりは、小さな消しゴムをノートのわきにおき、勉強をつづけた。親指の先ほどの小さな消しゴムなのに、放つ存在感は大きい。

ドクロの絵だろうか、真っ白な消しゴムに黒い油性ペンで小さなイラストが落書きされていて、ひまりはくすりと笑った。

視界の端に消しゴムをとらえると、やる気がわいてきて、その日、いつもよりも勉強がはかどった。

「おれ、そろそろ帰るわ。腹へったし、もう限界」

お昼になり、陸斗がそう言って荷物をまとめはじめるまで、ひまりの集中力はとぎれることがなかった。

「あ、消しゴム、ありがとう！」

帰りじたくをはじめた陸斗に消しゴムをかえそうとすると、

「水沢はまだここにいるんだろ？　だったら使えよ。消しゴムないと困るじゃん」

「えっ、でも――。じゃあ、今度学校でかえすね」

「いいって、いいって。その消しゴム、やるよ」

当時、クラスがちがう陸斗とは、しゃべる機会なんてゼロに等しかった。

消しゴムをかえすのを口実に、学校で話しかけることができるかも！

――ひまりとしては、そんな下心もあったのだけど……。

「ありがとう。大切に使うね」

「ははっ。大切に？　そのちっこい消しゴムを？」

陸斗はおかしそうに笑うと、

「じゃあな。がんばれよ。――応援してる」

最後にサッカー雑誌を指先でコンコンとたたき、立ちあがった。

「応援してる」というのが、受験勉強のことではなくて、夢のほうを指しているとわかり、
ひまりはくすぐったい気持ちになった。

「うん。ありがとう。相川くんもがんばってね」

＊＊＊

――あれから一年以上たった今でも、ひまりはその消しゴムは使わずに、大切にとってある。

筆箱のなかに入れていて、たまにとりだしてながめるのだ。

ヘタウマなドクロの絵を見ると、

『じゃあな。がんばれよ。――応援してる』

と、陸斗の声が脳内で再生され、不思議とやる気がわきおこる。

ひまりにとって、あの日のことは大切な思い出だ。

陸斗との距離が近づいた気がした日。

「水沢さん」から「水沢」にかわった日。

(この消しゴムも、手放したくないけど――)

でも、それで陸斗が退院できるなら。

また、いっしょに電車で通えるなら――。

(よし。来週、出庫裏屋《ディクリヤ》にこれを持っていって、相川くんが退院できるようにお願いしてこようっと!)

ひまりは、消しゴムをぎゅっとにぎりしめた。

「あ、そうだ」

ふと思い立ち、棚から新しいノートを一冊とりだす。

前回、ひまりは、出庫裏屋でなんの思い出を売ったのか、そもそも本当になにか思い出を売ったのか、忘れてしまった。

なので、次に思い出を売るときは、ちゃんと書きとめておこうと思ったのだ。

『中三の夏　図書館で相川くんからもらった消しゴム』

青い表紙のまっさらなノートの一ページ目にそう書くと、ひまりは、ノートをバッグにしまった。

6　思い出とひきかえに

長い長い一週間がたち、ひまりはやっと、思い出を売りに行くことができた。

その翌日の朝のこと。

学校につくと、陸斗《りくと》が退院するらしいというウワサが早くも広まっていたが、ひまりはもう、おどろかなかった。

「マジで⁉　陸斗、今日退院なの？」

「ああ。今日の昼ごろ退院できるってよ」

例によって、朝から教室は陸斗の話でもちきりだ。

昨日、陸斗から雅也《まさや》に電話があったそうで、そのときに聞いた内容を、雅也がみんなに伝えたらしい。

事故でこわれたという陸斗のスマホはあいかわらず使えないままだそうで、連絡手段がかぎられているなか、雅也は貴重な情報源だ。

ひまりも、教科書をそろえるふりをしながら、雅也の発する陸斗情報にじっと聞き耳をたてた。

「今日退院ってことは、明日から学校くるのかな」

ひまりが思っていたことと同じことを、だれかがたずねる。

「当分はムリらしいぜ。しばらく自宅療養だってさ」

「えーっ、つまんない」

みんなは口をとがらせたが、ひまりも同じ気持ちだった。

(相川くん、まだしばらくは学校にこられないんだ……)

退院すれば、すぐに学校で会えると単純に考えていたひまりは、肩をおとした。

授業中、ふと気になって、ひまりはバッグから青いノートをとりだした。

開いてみると、なかにはただ一行、

『中三の夏　図書館で相川《あいかわ》くんからもらった消しゴム』

とだけ書かれている。

これをノートに書きとめたことも、はっきりと覚えている。

でも、書かれている内容に、まるで心当たりがない。

（相川くんが、図書館──？）

陸斗が図書館にいる姿なんて、想像もつかない。

本当に、そんな場所で会ったことがあるのかな。

それに、消しゴムってなんなんだろう。

（わたし、相川くんから消しゴムをもらったことがあるんだ……）

いったいどういういきさつでそんなことになったのかわからないけど、うらやましくて、過去の自分に嫉妬《しっと》してしまいそうになる。

「覚えていたかったな……」

ノートの文字を指でなぞり、ひまりはため息をついた。

陸斗からなにかをもらったなんて、それはうれしかったことだろう。

その消しゴムは、きっと宝物だったにちがいない。

そんなすてきな思い出、忘れたくなかった。

でも、たぶん、幸せな思い出だったからこそ、願いが叶って陸斗が退院できたんだろうと思う。

（それなら、よかった）

そう、これでよかったのだ。

ひまりは自分にそう言い聞かせ、そっとノートを閉じた。

＊＊＊

陸斗が退院したと聞いてから何日かがたったある日の昼休み、ひまりは担任の先生によびだされた。

ここは、職員室のとなりの小会議室。

この会議室は、生活指導や進路指導に使われることが多い。

そんな場所によびだされたから、いったいなにをやらかしてしまったのだろうとビクビクしながらきてみれば。

「水沢《みずさわ》は、たしか、相川と同じ中学出身だったよな？　これ、各教科担当の先生方からあずかってるプリントなんだが、相川にとどけてくれないか？」

「えっ、わたしが、ですか？」

ひまりは、目をぱちくりとさせた。

担任の先生が、申しわけなさそうな顔をして、ひまりを見る。

「ああ。たのめるか？」

そう言って、A4サイズの茶封筒を手わたされた。

「相川の家の住所と、かんたんな地図も、その封筒に入ってるから」

担任がさらりとそんなことを言うので、ひまりはびっくりする。

（そんなかんたんに地図とか入れちゃっていいの⁉　わたしがストーカーだったらどうするんだろう）

陸斗にこっそり片想いしている身としては、うしろめたい。

「いいんですか？　だって、個人情報……」

「そうそう。個人情報だから、ほかのやつらに勝手に住所とか教えるんじゃないぞ」

「でも、じゃあ、わたしは……」

「水沢が行くことは、もう伝えてある。相川も了承ずみだ」

さきほど先生は陸斗と電話で話し、このことを伝えたという。

「わかりました。では、今日、相川くんの家に行ってきます」

「ありがとう。たのむよ、水沢」

先生はほっとした顔をすると、にっこりと笑ってそう言ったけど。

（今日、相川くんに会える――！）

陸斗に会いに行ける口実をもらって、こっちこそ、先生にお礼が言いたい気分。

でも、そこはぐっとおさえて、ひまりはすました顔をつくると、しずかに小会議室をあとにした。

「ひまり、先生のよびだしってなんだったの？」

教室にもどると、千夜子《ちやこ》が心配そうに聞いてきた。

「なんかよくわかんないけど、書類、あずかっちゃった」

「えっ、それだけ？」

「うん」

「よかった！　小会議室によびだしとかいうからびっくりしたけど、ひまりにかぎって生活指導とかありえないし、どうしたんだろうって心配したよ！」

「ありがとう、千夜子」

本当は、千夜子に言いたくてたまらない。

今日、陸斗の家に行くことも。

実は陸斗のことがずっと前から好きなんだっていうことも。

でも、先生からたのまれて陸斗の家に行くことになった、なんて教室で言ったりすれば、大さわぎになるだろう。

出庫裏屋《デイクリヤ》のことだって、千夜子に言いたい。

相談したい。

でも、カードの裏に書かれた「この店のことは、決して人に話してはならない」の文言《もんごん》が、頭をよぎる。

思い出とひきかえに願いを叶えてくれるような店なんだから、約束をやぶればどんな目にあうかしれない。

(ごめんね、千夜子)

千夜子に言えないことが増えていく。

ひまりは、それが心苦しくてたまらなかった。


いったん家に帰ると、ひまりは荷物をおき、出かけるしたくをした。

(どんな服を着ていこう)

はりきりすぎるのもはずかしいし、でも、せっかく陸斗に会えるんだから、少しでもかわいく見られたいし……。

クローゼットを端から端までなんどもながめて、さんざんなやんだあげく、結局、はきなれたデニムのスカートにコットンシャツという、無難《ぶなん》な格好におちついた。

ひまりは最後にもう一度、鏡の前に立ち、おかしいところがないかチェックすると、

「行ってきます！」

先生からあずかった茶封筒、それから、わざわざ買ってきたポテトチップスを持って、陸斗の家にむかった。

＊＊＊

陸斗のお母さんに案内され、部屋にあがると、ひまりは一瞬、言葉をうしなった。

頭の包帯はとれているけど、それ以外は、まだどこもかしこもぐるぐる巻きで、痛々しい。

「よっ、水沢。ありがとな、わざわざ」

でも、陸斗がおどけた調子で明るく言うから、ひまりも、つとめて明るくふるまうことにした。

「ほんとだよ。急に先生にたのまれて、びっくりしちゃった。——あと、これ。おみやげ」

わすれないうちに、まずは先生からあずかった茶封筒をわたすと、ひまりは、トートバッグに入れてきたポテトチップスもとりだした。

陸斗がどの味が好きかわからなかったので、ぜんぶで三つ買ってきた。

「おっ！　ポテチ！　覚えててくれたんだな。ありがとう、水沢。おまえ、神だな！」

陸斗は、茶封筒には目もくれず、一番手前におかれたポテトチップスに手をのばすと、その場でバリバリと袋を開けた。

「これ、これ。これが食いたかったんだって！」

陸斗は口いっぱいにほおばり、おいしそうに音をたててかみくだく。

「水沢も食えば？」

「う、うん、ありがとう」

遠慮がちに一枚とって食べるひまりを見て、

「自分で持ってきて、ありがとうって」

陸斗は、ぷっと笑う。

笑いながら、また一気にひとつかみ、口にほうりこんだ。

「相川くん、豪快《ごうかい》だね。――でも、元気そうでよかった」

「まあな。元気といえば元気だよ」

はっきりしない物言いに、ひまりが首をかしげていると、

「元気なのはいいんだけどさぁ。……とにかく退屈なんだって！」

あっというまにポテトチップスをたいらげた陸斗は、からっぽになった袋をうらめしそうにながめながら言った。

「なぁ。水沢って、休みの日、いつもどうしてんの？」

「えっ、べつに、フツウのことしてるけど」

「だから、そのフツウがなんなのかが知りたいんだけど」

「うーん、べつに、フツウとしか言いようがないよ。……じゃあ、相川くんは、いつもなにしてるの？」

「サッカー」

陸斗はまよわずすぐに答えた。

「休みの日はサッカー。つーか、休みなんてなかった。学校かサッカー。小さいときからその二択しかなかったからさ。──だから、いきなり毎日家でじっとしてろって言われても、なんにもすることないんだ」

「そっか……」

それが陸斗にとっての「フツウ」だったんだ。

自分の「フツウ」とは、ずいぶんちがう。

「わたしは、いつもなにしてるかな。千夜子の部活がないときは、いっしょに買いもの行ったりするけど……。一人のときの休日は、散歩してるかな」

思いつくままに言うと、

「わはは！　散歩って！　おとしよりかっ！」

陸斗が手をたたいて大笑いしたので、ひまりはむっとして、つんとあごをそらした。

「えっ、マジだったの？　ごめん、ごめん、てっきりジョーダンかと思った」

「それ、よけい傷つくんだけど」

「ごめんってば。――でもさ、たとえばどこを歩くの？」

「堤防沿い」

ひまりは即答した。

堤防沿いは、お気にいりの散歩コースだ。

ひまりたちが住む街には、真ん中に大きな川が流れている。

その堤防沿いには桜並木が数キロにわたってつづき、春の桜はもちろんのこと、夏の新緑、秋の紅葉《こうよう》、と一年をとおして楽しめるのだ。

それがどんなにきれいなのかを力説すると、陸斗はもうバカにせず、感心しながら聞いてくれた。

「へぇ。桜って紅葉するんだ」

「うん。今がまさに見ごろなんだけど、すっごくきれいだよ！　紅葉といえばモミジのイメージだけど、桜の葉も真っ赤にそまるの。桜紅葉《さくらもみじ》っていって、俳句の季語とかにもなってるんだって」

「知らなかったなぁ。おれ、堤防っていうか、その下の河川敷でよくサッカーしてるけど、桜なんて見たことなかった」

たしかに、陸斗が河川敷のサッカーコートで自主練をしている姿は、中学時代に何度も見かけたことがある。

「春先になると、河川敷でつくしがいっぱいとれるんだよ」

「つくし！　なつかしいなぁ」

幼稚園のころ、母さんといっしょにとってた！　と陸斗がなつかしそうに目を細めた。

「今の時期、散歩にちょうどいいんだけど、あのあたりはひっつき虫が多いから、家に帰ると大変なことになってるんだよね」

「高校生にもなって、ひっつき虫って！」

どこがツボに入ったのやら、陸斗は、ひまりがなにか言うたびに大きく反応して、笑ってくれた。

「――散歩、楽しそうだな。水沢の話を聞いてたら、おれも散歩してみたくなった」

「楽しいよ。ひっつき虫さえ注意すれば、今はちょうどいい季節だしね」

「桜の紅葉も見られるし？」

陸斗は、桜の紅葉がよっぽど気になるらしい。

「うん」

「いいなぁ。散歩も楽しそうだけど、おれ、まずはその桜紅葉ってやつ、見てみたい」

「桜紅葉だけでいいなら、いつもの電車からも見られるよ」

山金《やまがね》駅にむかうとちゅうの川沿いに桜並木があり、電車からもよく見える。

「今日も、もう色づいてるのが見えたもん」

「マジで⁉　見たい、見たい！」

陸斗が子どものようにはしゃぐので、ひまりは思わず笑ってしまう。

「それが見えるのって、どのあたり？　今度、朝、電車に乗ったときに教えてよ。桜紅葉、いっしょに見ようぜ」

「うん！」

ひまりがうなずくと、陸斗はパッと顔をかがやかせた。

「でも、それって、いつぐらいまで見られる？」

「うーん、どうだろう。だいたい一週間から十日ぐらいじゃないかな」

たしかではないけど、たぶんそれぐらいな気がする。

「そっかぁ。それまでに学校行けるようになってるといいなぁ」

陸斗は天井をあおぎ、大きくため息をついた。

＊＊＊

陸斗の家を出ると、ひまりは、堤防沿いを歩きながら家にむかった。

『今度、朝、電車に乗ったときに教えてよ。桜紅葉、いっしょに見ようぜ』

先の約束を当たり前のようにしてくれた陸斗の言葉を思いだすと、くすぐったくなる。

（もっと、もっと、相川くんと仲よくなりたいな……）

ひまりは、うきうきした気分で、桜の木を見あげた。

色づいた桜の葉をゆらしながら、すがすがしい風がふきぬける。

翌朝、ひまりは、陸斗のいない電車にゆられながら、窓の外をながめていた。

やがて電車が川にさしかかると、ひまりは思わず目を細めた。

（きれい……）

朝の陽《ひ》ざしが川面《かわも》でこまかく反射して、きらきらとかがやく。

その川の両岸には、燃えるように赤くそまった桜並木。

(この景色、早く相川くんといっしょに見たいな)

昨日の会話を思いだし、ひまりの顔はひとりでに、にやけてくる。

『桜紅葉、いっしょに見ようぜ』

このセリフ、「いっしょに」というのがポイントなのだ。

陸斗はとくに深い意味もなく言っただけかもしれないけど、ひまりは「いっしょに」と言ってくれたことがうれしくて、すでに数えきれないぐらい頭のなかでリピートしている。

まわりの人たちに見られないよう、ひまりはうつむき、手で口もとをかくして、思いっきり頰《ほお》をゆるめた。

ところが、それから二日がたち、三日がたっても、陸斗は学校にこなかった。

週末をはさんで、月曜になっても、まだこない。

(早くきてよ、相川くん。でないと、桜紅葉、散っちゃうよ……)

ひまりはあせりをつのらせていた。

とうとう桜の葉が散りはじめても、陸斗はまだ学校にこなかった。

(ぜんぶ散ってしまう前に、相川くんといっしょに桜紅葉が見たいのに——!)

桜紅葉が電車から見えると話したときに、見たい、見たい！　と陸斗が楽しそうにはしゃいでいたのが頭からはなれない。

陸斗の、あの笑顔が見たい。

『桜紅葉、いっしょに見ようぜ』

この景色が終わらないうちに、二人でいっしょに見たい――！

学校からの帰りの電車で、一人、ドア付近に立って手すりにつかまっていたひまりは、その日、心を決めた。

(明日、あのお店に行こう)

思い出を売って、陸斗が学校に行けるようになりますように、と願うのだ。


駅から十五分ほど歩くと、ひまりの家が見えてくる。

日当たりのいい角地の、一戸建て。

けっして大きい家ではないけれど、三人家族にはじゅうぶん。

ひまりの部屋は、二階のつきあたりにある。

真っ白な壁にかこまれた六畳の部屋は、むだなものがいっさいなく、スッキリとかたづいている。

女の子らしくないと言われそうなほどシンプルでなんにもないけど、ひまりにとっては、これがちょうど居心地がいい。

（売れる思い出、まだあるかな……）

陸斗との思い出なら、いくつかあるけど、なにか「物」をともなう思い出となると、あと二つしかなかった。

一つは、陸斗とはじめてしゃべったときにもらったキーホルダー。

それは、ひまりが陸斗を好きになるきっかけとなった、大切な思い出の品である。

それから、もう一つは。

バッグに入れっぱなしにしてある、片方しかない、あの赤い手袋だ。

7　手袋を売りに

あれは、高校受験の日のことだった。

その日は、前日の土砂降《どしゃぶ》りがウソのように晴れわたっていた。

「絶好の受験日和《びより》ね。だいじょうぶ、自分を信じてがんばって。いってらっしゃい！」

笑顔で見送ってくれた母に、ぎこちない笑顔をかえすと、ひまりは、不安と緊張で押しつぶされそうになりながら、駅にむかった。

時間によゆうを持って、ずいぶん早く家を出たので、まだ空はうす暗い。

人通りの少ない、冷えきった道を、ひまりは真っ白な息をはきながら歩いた。

『手がかじかんでうまく書けないといけないから、ちゃんとあたたかくしておくのよ』

母に言われたとおり、ひまりは真っ赤な手袋をはめた。

さらにカイロをにぎりしめ、万全の態勢だ。

電車を乗りつぎ、藤和《とうわ》高校の最寄駅である藤和駅でおりると――。

（うそ……！　相川《あいかわ》くん⁉）

数メートル先に、制服姿の陸斗《りくと》の姿が見えた。

この駅の周辺には、藤和高校しかないはずなんだけど……。

（まさか、相川くんも藤和を受けるの？）

瞬間、ひまりは受験のこともふっとぶぐらい、頭のなかがパニック状態になった。

てっきり陸斗はサッカーの強豪《きょうごう》私立に推薦《すいせん》で行くと思っていたし、実際、県外の私立校からもいくつも声がかかっていると聞いていた。

たしかに藤和高校は県内の公立高校ではいちばんのサッカー強豪校ではある。

でも、陸斗がここを受けるとは、思いもよらなかった。

だからひまりは、中学を卒業したら、陸斗と会う機会は二度とないんだろうなとあきらめていた。

同じ学校にいてさえ、三年間でしゃべったのはほんの数回。

別々の高校に行けば、姿を見ることも、かなわないだろう。

そう思っていたのに。

まさか、陸斗も同じ高校を受験するとは！

うれしくて、でも声をかける勇気などもちろんあるはずがなくて、ひまりは陸斗の少し後ろを歩いた。

（もしかして、二人とも合格したら、同じ高校に通えちゃうかも――！）

想像するだけで、顔がにやけてくる。

（そのためにも、ぜったい合格しなくっちゃ！）

ひまりはカバンから英単語帳をとりだそうとして、ふと、違和感を覚えた。

（相川くん、なんか、様子がへんだ……）

歩く足どりが、なんだか少しふらついているように見える。

いつもひょうひょうとしていて、バネのように軽やかに歩くのに。

今日の陸斗は、歩きかたが、なんだか重い。

そのうちに陸斗は信号でひっかかり、立ちどまった。

信号機の柱に、もたれかかるように手をつくのが見える。

少しはなれたところからでも、陸斗がつらそうに顔をゆがめていて、息があらいのがわかった。

（やっぱり、調子が悪いんだ）

いつも元気で、風邪をひくイメージなどまるでない陸斗が、よりによってこんな大事な日に体調をくずすなんて……。

「――あっ！」

とつぜん、陸斗がその場でしゃがみこみ、吐いてしまった。

「だ、だいじょうぶ⁉」

ひまりはあわててかけよると、陸斗のとなりで身をかがめて、背中をさすった。

「いいです、ここは汚いから、早くあっちに――」

あっちに行けと言わんばかりの陸斗の声は、聞こえなかったことにする。

「まだ残ってるなら、ぜんぶ吐いちゃったほうがいいよ。そしたらラクになるから」

ひまりは、はめていた手袋をはずすと、カバンからティッシュとハンカチを出し、陸斗に手わたした。

「すみませ……ありがとう、ございます」

陸斗は、相手がひまりだとは気づいていないようだった。

たぶん、通りすがりの大人だと思っているんだろうな。

意識がもうろうとして、なにも見えていないにちがいない。

「ムリしてしゃべらなくていいから。だいじょうぶだから」

えっと、こういうときは、なにをすればいいんだろう。

ひまりは瞬時に考えた。

「藤和高校を受験するんだよね？」

ねんのため確認すると、陸斗はこくんとうなずく。

「じゃあ、とにかく高校に電話しなくちゃいけないから――。あ、わたし、スマホとか持ってないんだけど、どうしよう――えっと、ちょっとだけ、携帯電話をかして？」

すると陸斗が、ぐったりとした手つきでポケットからスマホをとりだし、ひまりにわたす。

「ありがとう！　ちょっとかりるね！」

藤和高校の電話番号なら、自分の受験票にも載っている。

ひまりはそれを見ながら高校に電話をかけると、事情を説明した。

電話に出た先生は、話を聞くとおどろいていたけど、テキパキと指示を出してくれた。

「相川陸斗くんのことは、あとはこちらで対応しますので、あなたはそのまま本校にむかってください」

先生にそう言われては、そうするしかない。

陸斗のことが気がかりだし、このままここにほうっておくのはいやだったけど、ひまりは、後ろ髪をひかれる思いで藤和高校にむかった。

（相川くん、だいじょうぶかな。しんどそうだったな……）

（入試はどうなるんだろう。受けられるのかな）

たしか、体調不良者は、べつの教室で受験することが可能だとなにかの紙に書かれていた。

でも、別室で受験することができたとしても、あんなに体調が悪ければ、実力を発揮するのはむずかしいだろう。

（――なんて、人の心配してる場合じゃないってば！）

藤和高校は文武両道をかかげていて、部活がさかんな高校だけど、進学率も非常に高い。

つまり偏差値もすこぶる高く、ひまりにとって、藤和高校はチャレンジ校なのだ。

陸斗のことは、ひとまず頭のすみにおいておき、目の前の問題に専念することにした。

試験を終えると、すぐに学校を出なければならない。あのあと陸斗がどうなったのか知りたかったけど、だれに聞けばいいのかもわからない。

それに、聞いたところで、ひまりにはどうすることもできない。

陸斗のことはすごく気になるけど、ひまりは、おとなしく帰るしかなかった。

校門を出たとたん、冷たい風がふきすさび、ひまりはぶるっと身ぶるいした。

「さむ……」

手袋をはめようと、カバンをさぐると――。

「あれ」

手袋が、片方しかない。

そういえば、陸斗を助けたあのとき、手袋をはずした。カバンに入れたつもりでいたけれど、あわてていたし、おとしたのかもしれない。

ひまりは、陸斗を介抱《かいほう》した交差点にむかった。

でも、そこにも手袋はなかった。

しばらくあたりを歩きまわってさがしたけれど、とうとう見つけることはできなかった。

（あーあ、お気に入りだったのになぁ……）

ひまりは、しょんぼりと肩をおとして家に帰った。

＊＊＊

藤和高校はダメだったとなかばあきらめかけていたけど、思いがけず合格できておどろき、入学式に行ってみれば陸斗もいて、さらにおどろいた。

そのうえクラスが同じで、ひまりは喜びのあまりたおれそうだった。

その時点ですでに、運がよすぎてこわいほどだった。

その上、なんのなりゆきか、ほんの四駅とはいえ毎朝いっしょに通えることになって、ひまりは毎日夢見ごこちだった。

もう、これだけでじゅうぶん奇跡的なぐらい幸せだったのに。

どうして、もっとよくばりになってしまうのだろう。

あれはたしか、雅也《まさや》にカノジョができたというのが、話の発端《ほったん》だった気がする。

十月に入ったばかりのある朝、いつものように同じ電車に乗って二人で話していたときのこと。

雅也が夏前からねらっていた女の子とめでたくつきあいはじめたそうで、

「あいつ、ツーショットの写真をばんばん送ってくるんだぜ。うかれすぎ」

と陸斗がぼやいたのがはじまりだ。

(聞くなら、今かもしれない)

ひまりは、さも会話の流れに沿っているだけで他意はないんだけどね、というていで、思いきって聞いてみた。

「相川くんは？　カノジョ、いないの？」

「いない」

「じゃあ、す、す、好きな人は？　いる？」

なにげないふうをよそおって聞いてみたつもりだけど、緊張してかんでしまった。

ドキドキしながら、陸斗がなんて答えるか待っていると、予想外のことに、陸斗はあっけらかんと、

「いるよ」

と答えた。

「えっ……！」

「まぁ、好きな子っていうか、気になる子、って感じだけど」

「ふ、ふーん……。相川くんには、そういう子、いるんだ……」

ひまりはびっくりして、まじまじと陸斗を見あげた。

「そんなにおどろくこと？」

「だって、相川くんだし……」

「はっ、なんだよそれ」

頭一つぶん背が高い陸斗に、あきれた目つきで見おろされ、ひまりはしゅんと小さくなる。

（そっか……。好きな子、いるんだ――）

陸斗は中学のころから――いや、小学校のころから――モテまくっていたけど、どんなにかわいい子に告白されても、今まで一度もだれかとつきあうことはなかった。

それはてっきり、陸斗はサッカーで頭がいっぱいで、そういうことに興味がないからだと思っていたのだけど……。

「なんか、意外。恋人はサッカーボールです、とか言うのかなって思った」

「ははっ。たしかに。それもまちがいじゃないけどな」

陸斗は冗談めかして軽く笑ってみせたが、小さくせきをすると、ちらりとひまりを見て、くちびるを引きむすんだ。

「でも、おれ、気になってる子、いるよ」

ガタン、ゴトン、と電車のゆれる音がやけに大きくひびく。

陸斗は喉仏《のどぼとけ》を上下させてごくりとつばをのみこむと、ゆっくりと口を開いた。

「赤い手袋をおとした子なんだけどさ」

（えっ……？）

ひまりは思わず、いきおいよく顔を上げた。

一瞬、聞きまちがいかと思った。

でも、「赤い手袋をおとした子」というフレーズは、くっきりと耳に残っている。

「ずっとさがしてるんだけど……心当たり、ある？」

さぐるような目つきで陸斗に見つめられて、ドクン、とひまりの心臓が大きくはねた。

「赤い手袋……」

心当たりなら、ある。

思いうかぶのは、受験の日のできごとだ。

それって、もしかして、わたしのことかも？　なーんてね。

——冗談まじりでもいいから、そう言えたら、どんなによかっただろう。

でも、もしちがっていたらと思うとこわくて、ひまりはなにも言えなかった。

「……」

「……」

二人のあいだに沈黙がおりてくる。

どくどくと脈打つ心臓の音が、がたんごとん、とひびく電車のジョイント音よりも大きく聞こえた。

「あのね、相川くん」

ひまりは、ありったけの勇気をかきあつめて、口を開いた。

「ちがっていたらごめんね。その手袋って、もしかして、受験の日――」

ところが、ちょうどそのタイミングで電車が山金《やまがね》駅についてしまい、ひまりの声は、ドアが開くプシューッという音にかき消された。

「えっ？　なんて？」

陸斗が身をかがめ、手を耳に当てて聞きかえす。

「ううん、なんでもない！」

すんでのところで勇気が霧のように消えてなくなり、ひまりは、とっさにごまかしてしまった。

この駅で、おたがい、友達と待ち合わせをしている。

自分のような地味な子が人気者の陸斗といっしょにいるところを見られると、なにを言われるかわからないので、ひまりはいつも、電車をおりたらすぐに陸斗と別れている。

陸斗としても、ひまりのような子といるのを見られるのはイヤなのだろう。いつも、電車をおりると、エスカレーターに乗るひまりとはなれて、そのすぐそばにある階段を早足でかけあがっていく。

「えっと……じゃあね！」

ひまりは陸斗にぎこちなく手をふって、目の前のエスカレーターにむかった。

でも――。

(――やっぱり、このままじゃ、イヤだ……！)

さっき、やっとかきあつめた勇気。

消えたと思ったけど、まだ、ほんのひとかけら、残っていたみたい。

何年もずっと、片想いのまま足ぶみしていたけど。

動きだすなら、今しかないかもしれない。

「相川くん、待って……！」

階段を一歩上がりはじめた陸斗を、ひまりは思いきってよびとめた。

「ん？　どうかした？」

「あの――あの、ね」

ひまりは、ごくりとつばをのみこんだ。

その、ただならない空気に、なにかを感じたのだろう。

陸斗は、のぼりかけていた階段をおりてくると、少し身をかがめ、ひまりと目線を合わせた。

(がんばれ。がんばれ、わたし――！)

ひまりは、スカートをぎゅっとつかむと、ぐいっと顔を上げ、まっすぐ陸斗を見た。

「明日も、この電車、乗る？　──伝えたいことがあるの」

「──え？」

たっぷりの緊張感のわりに、出てきた言葉がそれだったので、面食らったにちがいない。

陸斗は、拍子抜けしたような顔をして、でも、すぐにパッと笑顔になると、

「ああ、もちろん。そのつもりだけど？」

と、答えてくれた。

「うん。わかった。じゃあ、明日ね！」

ひまりがそう言って、エスカレーターにむかうと、

「あ、ああ。じゃあな」

それだけ？　と不思議に思っているのがありありの表情で、陸斗はしきりに首をひねりながら、階段を一段とばしでのぼっていった。

(明日──)

エスカレーターに乗りながら、ひまりは考えていた。

(明日、相川くんに言おう。手袋のこと。それから、わたしが、相川くんのこと、ずっと──)

想像するだけで緊張して、手がふるえてくる。

でも、ひまりはかたく心に決めたのだ。
明日。
片想いを、終わらせる。
ひまりはぎゅっとエスカレーターの手すりをつかんだ。
──まさかその翌日に、陸斗が事故にあうとは思わずに。

＊＊＊

なんで、あのときに言ってしまわなかったんだろう。
赤い片方の手袋は、まだバッグに入れたままでいる。
（──これは、手放したくない）
陸斗が元気になって、また朝の電車でいっしょに登校できるようになったら。
今度こそ。
この手袋を見せて、気持ちも伝えるつもりだ。
そのときのためにも、この手袋は売りたくない。
──となると、残る「物」はただ一つ。

陸斗からもらったキーホルダー。

陸斗を好きになったきっかけとなる、大切な思い出だけど、ひまりは、それを売りに行こうと決めた。

＊＊＊

放課後、ひまりは山金駅でおりると、出庫裏屋《ディクリヤ》にむかった。
（あれ、たしかこのへんだったはずなんだけど――）
大通りから一本奥に入った、細い道。
記憶をたよりにさがしてみたけど、見覚えのある道に出ない。
まよいながら、ぐるぐると同じところを何度も歩きまわっていると、
（あ、ここだ――！）
いつのまにか、出庫裏屋の前にたどりついていた。
からん、ころん。
今日も、カウベルのやわらかい音がむかえ入れてくれる。
「いらっしゃい、ひまりさん」

ここの店主とも、すっかり顔なじみになった。

「今日は、これを売りにきました」

ひまりは、バッグの内ポケットから、家のカギをとりだした。

目当ては、カギではなく、それにつけているキーホルダーだ。本体はアクリル製で、いかにも外国っぽい動物のキャラクターが小脇にサッカーボールをかかえているイラストが描かれている。

「今からはずすので、ちょっとまっててください」

ひまりがカギをキーリングからはずそうとすると、店主がそっと手もとをのぞきこんだ。

「それはまた、ずいぶん思い出ぶかそうな品ですね」

女子高生が持つには、あまりに女の子っぽくないからだろう、店主が物めずらしそうにキーホルダーをながめる。

「はい。大切な思い出がつまった宝物です。――だから、売るかどうかすごくまよったんですけど――」

「売るか売らないかは、ひまりさんの自由ですが……一つだけ、聞いても？」

いつも柔和な表情の店主が、けわしい顔つきをしている。

「そのキーホルダーは、もしや、二人が出会ったきっかけにまつわる思い出だったりしませんか？」

「いえ、出会ったきっかけ、ってわけではないですけど……」

陸斗とは、小学校から同じ学校に通っている。

出会ったきっかけはと聞かれたら、小学校の入学式ということになるのだろう。

——もっとも、ずっとクラスがちがったので、六年間、一度もしゃべったことはなかったけど。

「これをもらった日が、はじめてしゃべった日なんです」

あの日のことを思いだして、ひまりの頰《ほお》がほんのり赤くなった。

ところが、店主はますます顔をしかめる。

「もしかして——彼のことを好きになった日でもある、とか？」

「ええっ！　どどど、どうして、わかったんですか⁉」

動揺するひまりに、店主はおだやかに言った。

「やっぱりそうでしたか。強いオーラを放っているので、特別なんだろうとは思いましたが……」

オーラ？

そのようなものが見えるのだろうか。

ひまりはキーホルダーを目の高さに持ち上げてながめてみるけど、特になにも感じない。

「それを売るのは、あまりオススメできませんね」

「えっ、どうしてですか」

「恋がめばえるときの思い出には、特別な力が宿っているんです。そのぶん、叶えられる願いも強力なんですが……その思い出を売ってしまうと、その相手との思い出は、すべて忘れてしまうんです」

「すべて――？」

「そう、すべて。――今までは、売った物にまつわる思い出だけを忘れて、そのほかのことはちゃんと記憶に残っていたかと思うのですが」

「はい」

「そのキーホルダーを手放せば、それをもらった日のことだけではなく、彼にまつわる思い出をすべて、手放すことになります。もちろん、彼を好きだという気持ちも、なくなります」

「そんなぁ……」

ひまりは、カギからキーホルダーをはずすのをやめた。

「あと、この店に関する記憶も、すべて消えます」

「えっ」

キーホルダーたった一つで、そんなに……？

ひまりは、手もとのキーホルダーをじっと見つめた。

「恋がめばえるときの思い出には、それだけ強い力が宿っているのです」

「──わかりました。じゃあ、やっぱりこれはやめておきます」

陸斗との思い出にまつわる「物」は、これのほかには、あの手袋しかない。

かといって、あの手袋は、手放したくない。

(でも……)

陸斗との思い出をすべて忘れて、陸斗への気持ちも忘れてしまうぐらいなら……。

ひまりは、キーホルダーを元どおり内ポケットにしまうと、かわりに、ずっとバッグに入れたままでいる赤い手袋を出した。

本当は、この手袋を見せながら、持ち主は自分だよと伝えて、自分の気持ちも告げるつもりだったけど、

(よく考えたら、べつに手袋を持ってなくたって、持ち主はわたしなんだよってことさえ言えたら、それでいいもんね)

そう思いなおし、ひまりは手袋を売ることにした。

「じゃあ、今日は、この手袋を売ります」

「わかりました。では、こちらへ」

店主は、レジ台にむかうと、その下から例のガラスケースをとりだし、思い出をうけとる用意をはじめた。

「願いごとは、決めてますか」

「――はい。決めました」

ここにくるまで、ひまりは「陸斗と両想いになりますように」って願うのもいいかな、なんて考えていた。

でも、もしそれで本当に両想いになれたら、きっと後悔するにちがいない、と思いなおし、それはやめた。

だって、出庫裏屋の力で両想いになれたって、うれしくない。

だからやっぱり、ひまりは、陸斗が学校にこられますように、と願うことにした。

（あ、そうだ）

店主が準備をしているあいだに、ひまりは、バッグから青いノートをとりだすと、忘れないうちに書きとめておく。

『受験の日。相川くんを助けたときにおとした、片っぽの赤い手袋』

それだけ書いて、ノートをしまおうとしたけど、思いなおして、もう一度ノートを開いた。

（もっとくわしく書いておかなくちゃ）

思い出を売れば、きれいさっぱり忘れてしまうことは、前回までで経験ずみだ。

それなら、売ったあとでもわかるよう、もっとくわしく書きこんでおく必要がある。

『わたしは、この手袋を見せて、相川くんに告白するつもりでいたけど、べつにこの手袋がなくたって、想いを告げることはできるはず。

勇気をだして、がんばって！』

未来への自分に、ちょっとしたメッセージもそえる。

準備がととのうと、ひまりは赤い手袋をガラスケースのなかに入れた。

思い出を売るのも、これが三回目。

でも、何度やっても、この不思議な緊張感には、なれそうにない。

店主からわたされた白い綿製の手袋をはめると、ガラスケースの上に静かに両手をのせる。

そして、目をつぶると、ひまりはあの日のことをはっきりと思いうかべ、思い出を手放した。

陸斗が登校できるまで回復することとひきかえに。

ひまりはこのとき、あまく見ていた。

カードの裏に書かれていた、あの文言《もんごん》を。

補注　思い出を売ると、その物にまつわるほかの思い出も記憶から消える

8　思い出がすれちがう

次の日、ひまりは朝からそわそわしていた。

駅にむかうときも、足どりがはずむ。

改札の前で立ちどまり、何度も前髪に手をやりながら、ひまりは、陸斗《りくと》があらわれるのを今か今かと待っていた。

――ところが、陸斗はなかなかあらわれない。

駅に近づく足音が聞こえてくると、今度こそ陸斗がきたのかと思い、ドキドキしながら顔を上げるけど、そのたびにあてがはずれて、がっかりと肩をおとした。

これでは、まるでデジャヴだ。

(おかしいな、昨日、願いを叶えてもらったはずなのに……)

これまでは二回とも、思い出を売りに行くと、次の日には効果が出ていた。

ということは、今日から陸斗は学校にこられるはずなんだけど――。

『まもなく、電車が到着します』
ホームのほうから、アナウンスが聞こえてくる。
(……これ、相川《あいかわ》くんが事故にあった、あの日と同じだ)
不吉な予感が胸をかすめ、ひまりの顔から笑みがきえた。
電車がホームにすべりこんでくる音が聞こえる。
(あと一本、待ってみよう)
ひまりはいつもの電車を見送り、もうすこしだけ陸斗がくるのを待つことにした。
でも、次の電車がきてもまだ、陸斗はこなかった。
(相川くん、どうしたんだろう……)
出庫裏屋《ディクリヤ》の願いがきかなかったこと、今までなかったのに。
それとも、あの店の魔法もきかないぐらい、具合がひどいのかな……。
はじめて願いを叶えてもらったとき、店主が言っていたのを思いだす。
本当ならあのていどの思い出だと足りないぐらい。特別サービスだ、と。
(相川くんの具合、そんなに悪いの――?)

不安でいっぱいになりながら学校につくと、

「あ……」

陸斗は、いた。

教室の真ん中に人だかりができていて、その中心で、陸斗がほがらかに笑っている。

(なぁんだ。先にきてたんだ)

いつもの電車できてくれなかったことにさびしさを覚えなかったといえばウソになるが、それ以上に、陸斗の元気そうな笑顔を見てホッとする。

そのままそっと自分の席にむかったひまりだけど、

(えっ、まだ治ってないじゃん――――!)

人だかりの合間から、陸斗の足がちらりと見えて、目をみはった。

黄金の左足とも評される、陸斗の左足。

陸斗にとって、なにより大切な、その左足は、まだ真っ白なギプスにつつまれたままだ。

陸斗の足から目をはなせずにいると、ふいに、うしろからぽんと肩をたたかれた。

「ひまり、おはよー!　今日も寝坊?」

「あ、千夜子《ちやこ》。おはよう。ごめんね、今日も電車に乗りおくれちゃって……」

「それはいいけどさ。――見た?　相川、もどってきたよ!」

「うん。見たけど――相川くん、足、まだ治ってないんだね」

ギプスがとれるまでは、陸斗のお母さんが車で送迎してくれるんだって、と千夜子がつけくわえるように言うのを聞いて、ひまりはホッとした。

今朝、電車に乗らなかったのは、ひまりをさけたわけではないようだ。

朝、陸斗に会えないのはさびしいけれど、そういう事情ならしかたがない。

また学校に通えるようになっただけで、じゅうぶんありがたいことなんだから。


松葉杖のあつかいにもすっかりなれたようで、陸斗は、まだ全快していないとは思えないぐらい元気に動きまわっている。

「相川ー。荷物、持ってやるよ」

「マジ？　ラッキー！」

廊下を歩いていると、どこにいても陸斗の声が聞こえてくる。

人気者の陸斗は、いつも輪の中心で明るく笑っていて、地味で目立たないひまりはそれを輪の外からそっとながめるしかできない。

朝、駅で会うことがないため、今やひまりと陸斗の接点は、ない。

陸斗がこうして学校にもどってこられたのは、ひまりのおかげなのに。

陸斗とのキョリがますます開くのは、皮肉な話だった。

帰りの電車から見える川沿いの桜は、日に日に葉をおとしている。

（桜紅葉《さくらもみじ》、終わっちゃうよ、相川くん……）

ひまりは、電車のドアにもたれかかると、そっとため息をついた。

＊＊＊

しばらくすると陸斗の足からギプスがはずれたけれど、すぐに日常生活にもどれるわけではないらしい。

まだ松葉杖生活がつづいていて、電車で会うことはない。

「ねえねえ、ひまり。今日はテニス部、ミーティングだけなんだって。だから、いっしょに帰ろう！」

「うん、わかった。じゃあ、ミーティングが終わるまでてきとうに時間つぶしとくね」

朝から千夜子にさそわれて、ひまりはワクワクしていた。

千夜子といっしょに帰るとき、二人はよく駅前のアイスクリームショップに寄り道をする。

（もうアイスを食べるには寒いし、今日はミルクティーにしておこうかな。それとも、お

こづかいもらったばっかりだし、ちょっと奮発してタピオカにしちゃおうかな）
放課後のことを考えると楽しくて、ひまりは、大きらいな数学も苦にならなかった。

待ちに待った放課後。

千夜子のミーティングが終わるまで図書室で時間をつぶしていたけれど、そろそろ終わるころかと思い、ひまりは教室にもどった。

すると、教室のなかには、陸斗がいた。

ドキン。

たちまちひまりの心臓は高鳴り、頭のなかが真っ白になる。

陸斗の家に封筒をとどけに行った日以来、二人でしゃべったことは、一度もない。

ほんの一、二週間のブランクなのに、ひまりは、陸斗との接しかたを忘れてしまったみたい。

緊張して、どうしていいかわからなくて、

（やっぱり、もう少し図書室にいようかな）

と、まわれ右をしたら――。

「あれ？　水沢《みずさわ》じゃん。忘れもの？」

陸斗に気づかれてしまった。

「ううん。千夜子を待ってるの」

「ああ、テニス部は今日、ミーティングだっけ」

「うん。そろそろ終わるかなと思ったけど、まだみたいだね」

「そろそろ終わるんじゃね？　——それまで、ちょっとこれ、手伝ってくんない？」

「いいけど……なにやってるの？」

本当はドキドキしているけど、なにげないふうをよそおい、ひまりは陸斗の席に近づいてみる。

机の上には、四分の一に切った折り紙がたくさんおかれていた。

「あっ。これって、今日の学活であつめた紙？」

「そう。罰ゲームのお題」

「そっか。相川くんってレク班だもんね。毎月おつかれさま」

ひまりのクラスでは、月に一度、クラスの親睦《しんぼく》をふかめることを目的に、学活の時間にクラスレクをおこなう。

毎月、レク班がゲームを企画してくれるのだけど、今月はフルーツバスケットをすることに決まった。負けた者は、質問が書かれた紙を一枚ひいて、それにかならず答えなければならないという罰ゲームつき。

その罰ゲームで答えてほしい質問を、一人一枚ずつ紙に書いて、今日の学活で提出した。

「これの、なにを手伝えばいいの？」

「こうやって三角クジみたいに折って、この封筒に入れてほしいんだ」

「わかった」

さっそく紙を折ろうとすると、

「書いてある質問を読んで、えげつないやつは、捨てるからこっちに入れて」

なに食わぬ顔をして陸斗が小さなビニール袋を指すので、ひまりはおどろいた。

「えーっ！　勝手に捨てたりしていいの⁉」

罰ゲームのお題を紙に書いて出したことは、今まで何度かあるけれど、

「まさかこんな裏工作がされていたなんて……！」

レク班の闇《やみ》を見た気がして、ショックだ。

「人聞き悪いこと言うなよ。だって、そうでもしないと、本当にえげつないのが入ってるんだって」

それでもまだひまりが非難がましい視線をむけていると、

「じゃあ、ためしに一枚ひいてみろよ。そこに書かれてる質問、ぜったいに答えるんだぞ」

「う、うん、わかった」

そこまで言われると、なんかこわいけど……。

おそるおそる一枚ひいてみる。

『テストで今までとった最低点はどの科目で何点?』

「う……」

ひまりが紙をながめてだまりこんでいると、陸斗はニヤリと笑った。

「ほれみろ。えげつない質問だったんだろう?」

「いや、べつに、えげつないってわけじゃ……」

「でも、答えられないんだろう?　なんて書いてあった?」

そう言いながら、陸斗はひょいっと手元の紙をのぞきこむ。

「こ、答えられるわよ、これぐらい!」

「へー。じゃあ、何点?」

「──数学で二十八点」

ぼそりとつぶやくと、陸斗は目をまるくした。

「えっ、水沢が⁉　それ、解答欄をまちがえたとか、名前を書き忘れたとかじゃなくて?」

「それだったら〇点でしょ。そうじゃなくて、ちゃんとまじめに解いて二十八点だったの」

「水沢でもそんな点数とるんだな。めっちゃ意外！」

よほど意外だったらしく、陸斗は一人で大盛りあがりだ。

「しょうがないでしょ、数学だもん。だいたい、絶対値とか因数分解とか、あんなのできなくたって日常生活で困ることないし、べつにいいのよ」

「うわっ！　開きなおってる！」

陸斗は手をたたいて笑いだした。

「じゃあ、こんどは相川くんがなにかひいてみてよ」

「おう。まかせとけ」

陸斗は腕まくりをして、はりきって紙を一枚ひいた。

すると、その紙には『好きな人はだれ』と書かれていた。

「……！」

ひまりは息をとめた。

片想いをしている相手の好きな人を聞けるって、いいのか悪いのか。

(ものすごく聞きたくてたまらないような、でも、聞きたくないような……)

もちろん、知りたい。

でも、聞けば、おそらくそこで失恋が決定してしまう――。

息をつめて陸斗の出方を待っていると、

「な？　えげつない質問も入ってるって言っただろ？」

陸斗はその紙をくしゃくしゃにまるめてビニール袋に入れた。

「あっ、ずるい。わたし、さっき答えたんだから、相川くんも答える義務、あるんじゃない？」

「でも、水沢、知ってるだろ？」

陸斗はとんでもないことを言う。

「えっ、わたしが？　相川くんの好きな人⁉　知ってるわけないじゃん！」

「なんでだよ。前に言っただろうが」

「いつ。どこで。どういうなりゆきでそんな話になったのよ」

ひまりは食いさがる。

好きな相手にそのテの話、もし本当にされたとすれば、忘れるわけがない。

――ひまりは本気で、そう思ったのだ。

「朝。電車で。たぶん、おれが事故にあう前の日」

「言ってない。聞いてない」

「うそだろ？　本当に忘れたのか？　おれ、ぜったい言った。入試の日に赤い手袋を片方

「で、でも、その手袋をおとした子って、だれなの？」

陸斗は勝ちほこったように腕組みをした。

「ほらみろ。思いだしたんだろう？　おれ、前に言ったことあるって言ったよな？」

「あ」と言ったっきりだまりこんだひまりを見て、どう誤解したのやら、
今すぐにでも確認したいところだけど、ノートは自分の家の、部屋の机にしまってある。

（なんて書いてあったっけ……）

でも、くわしいことは思いだせない。

あの青いノートに、たしか手袋のことが書いてあった。

（思いだした！　あのノートだ！）

――そのキーワードなら、見たことがある気がする。

片方おとした。

赤い手袋。

入試の日。

ひまりは、思わずつぶやいた。

「あ……」

おとした子のことが気になってる、ってぜったい言った」

「さあな。そのとき、おれ、具合が悪かったからさ。よくわからないんだ。その子に助けてもらったらしいんだけど、ぜんぜん覚えてなくて」

「ふうん。それで、その子は赤い手袋を片方だけおとしていったってこと？　まるでシンデレラみたいだね」

「だろ？　でも、その子がだれなのか、知らなくてさ。――心あたり、ある？」

さぐるような、真剣なまなざしで見つめられ、ひまりの心臓が大きくはねあがる。

（心あたり、ないわけじゃないけど――）

もしかして、それ、わたしなのかな……。

一瞬、そう考えかけて、

（なにをあつかましいこと考えてんの！　そんなことあるわけないでしょ！）

ひまりはあわてて、自意識過剰な考えをうちけした。

でも。

『受験の日。相川くんを助けたときにおとした、片っぽの赤い手袋』

すべてのキーワードが、ぴったり当てはまる。

いくらなんでも、ここまで偶然がかさなることって、あるだろうか。

とく、とく、とく……。

心臓の音が陸斗にも聞こえてしまうんじゃないかと思うぐらい、鼓動がはげしくなってきた。

どうすればいいかわからなくて、ひまりがごくりと大きくつばをのみこむと、

「ひまり、お待たせーっ！」

千夜子がいきおいよく教室に入ってきた。

「あ、あわわ、ち、千夜子！　ミーティング、終わったの⁉」

やましいことなんてなにもないのに、ひまりはむだにあせってしまい、あわてて立ちあがって千夜子を出むかえた。

「うん、今終わったの。——相川は、レク班の仕事してたの？　おつかれ！」

「ああ。水沢にも手伝ってもらってた」

陸斗が言うので、ひまりはうしろめたくなって肩をすくめた。

結局、質問に答えただけで、一つも手伝ってない。

「ふうん。——あっ、じゃあ、ケイコもいっしょにやってたんだね」

とつぜん千夜子がおかしなことを言いだす。

「ケイコ？」

陸斗がきょとんと首をかしげると、

「あれ？　ちがうの？　だって、ケイコ、今そこですれちがったから、てっきり教室から出てきたんだと思ったけど……」

と、千夜子もふしぎそうにつぶやく。

「ま、いっか。──ひまり、早く帰ろう！　おなかすいた！」

「はいはい、わかった、わかった。でも、今日はアイスやめておこう？　なんか、寒いし」

「ほんと！　最近急に寒くなってきたよね。──じゃあ、わたし、タピっちゃおうかな」

机にかけていたバッグを手にとると、千夜子はひまりに腕をからませ、

「じゃあね、相川！」

と、陸斗に手をふった。陸斗も、片手を上げてふりかえし、人なつっこく笑った。

「おう。おまえら、食いすぎんなよ。あと、水沢、数学がんばれよ」

「んもう、やめてよ！」

ひまりがふてくされて言いかえすと、陸斗が楽しそうに肩をゆらして笑うのが見えた。

9　本当の持ち主

季節は、かわりはじめると、あっというまだ。

ほんの最近までは暑さにあえいでいたのに、やっと秋がきたと思ったら一気に冷えこみ、電車のなかでも、手袋やマフラーを見かけることが増えてきた。

電車から見える桜並木も、すっかり葉をおとし、寒々しい裸木姿《はだかぎ》になっている。

「おはよう。寒いね～」

教室に入るなり、ケイコはタータンチェックのマフラーを外しながら、かろやかにみんなとあいさつをかわして自分の席にむかう。

「あれ？　ケイコ、赤い手袋、片っぽどうしたの？」

ふと、ケイコの友人の声が聞こえて、ひまりは思わずふりむいた。

（――赤い手袋？）

以前、放課後の陸斗《りくと》との会話で「赤い手袋」のことが出てきて以来、ひまりはずっと気になっている。

もちろん、あの日、家に帰るとすぐに青いノートを広げた。

『受験の日。相川《あいかわ》くんを助けたときにおとした、片っぽの赤い手袋。

わたしは、この手袋を見せて、相川くんに告白するつもりでいたけど、
べつにこの手袋がなくたって、想いを告げることはできるはず。

勇気をだして、がんばって！』

これを読んで、ひまりはがっくりと肩をおとした。

これだけ読んでも、ひまりが陸斗をどのように助けたのか、状況がさっぱりわからない。

(まったく、どうせ書くなら、その日になにがあったのかをきちんと書いておいてよ)

ひまりは、過去の自分に文句を言った。

この手袋を見せながら告白するつもりだった、っていうのもいまいちよくわからないけど、

『入試の日に赤い手袋を片方おとした子のことが気になってる』

って、陸斗が言ったことと、かなり関係がありそうだ。

関係がありそう、ということまではわかるけど……。

(もっと具体的に書いておいてくれないと、わからないよ！)

――思い出を売ると、その物にまつわるほかの思い出も記憶から消える
カードの裏に書かれた、あの文言《もんごん》。

あまり大したことがないと思って読みすごしていたけれど、じつは、大きなおとし穴だったのかもしれない。

手袋にまつわる、その日の思い出だけではなく、その手袋に関する会話もすべて、ひまりの記憶から消えているようだ。

「そうなの！　この手袋なんだけど、なんかね、片っぽだけ見つからないんだ。お気に入りなんだけどなぁ」

ケイコは手袋をなでながら、残念そうに言った。

「ふうん。どこでおとしたか覚えてないの？」

「覚えてたら苦労しないよ～！」

ケイコはもっともなことを言う。

「受験の日、朝からはめてたことは覚えてるんだけど……」

ケイコたちの会話をなにげなく聞いていたひまりは、スーッと心が一気に冷たくなっていくのを感じた。

（赤い手袋――受験の日――）

こんな偶然って、ある――？

「学校について、手袋ぬいで、そのあとどうしたかわからないんだよね。入試で緊張して、その後のことはなーんにも覚えてないんだ」

ひまりはそっと、陸斗の様子をうかがった。

陸斗もケイコたちの会話が気になっていたようで、彼女たちをじっと見ている。

モヤモヤとどす黒い気持ちが、ひまりの胸に広がっていく。

「おい、陸斗」

雅也《まさや》が身をのりだして陸斗にこそっと耳打ちするのが聞こえた。

「前におまえが言ってた手袋の子って、ケイコのことなんじゃねえの？」

本人は小声で言ったつもりだったのだろうが、雅也の声はよくとおる。

「えーっ、手袋の子ってナニナニ？」

ケイコにも聞こえたようで、ケイコは内股《うちまた》でちょこちょこと陸斗のそばまで近づいた。

「陸斗が気になってる子」

答えたのは陸斗ではなく雅也だった。

「ちょっと待て、雅也、てめぇ……！」

陸斗はぎょっとした顔をして、あわてて雅也の口をふさぎにかかったが、雅也はかまわずペラペラとしゃべりつづける。

「前に、陸斗って好きなヤツいねえの？　って聞いたら、赤い手袋を片方なくした子のことがちょっと気になってる、って言ったんだ」

とたんに、教室のあちこちから、悲鳴にも似た歓声があがった。

「キャー！　それってケイコじゃん⁉」

「おい、雅也、おまえだまれって……！」

陸斗は立ちあがり、雅也にヘッドロックをかけてとめようとしたが、雅也はかまわず話しつづける。

「なんでも、陸斗が困ってるときに助けてくれたことがあるんだってさ。その子が入試の日に赤い手袋をおとしたんだよな？」

陸斗に確認するように雅也がふりむく。

「さあな」

陸斗はフキゲンそうにつぶやくと、頭をガシガシとかいた。

「おれも陸斗も、合格発表のあと、春休みから部活に行ってたんだけどさ。陸斗はずっと『あの子、手袋おとしたけど入試にもおちてたらどうしよう～』って心配してたんだぜ。まさかあれがケイコのことだったとはな～。ちゃんと受かっててよかったな！」

「もう、知らね」

おこったように陸斗がそっぽをむく。

その拍子に、ひまりと目が合った。

バチッ、と音が聞こえてきそうなぐらい、しっかりと目が合って、目をそらすことができない。

陸斗がなにか言いたそうな顔をしている気がして、ひまりの胸がドキドキと鳴った。

「よかったね、ケイコ！」

クラスの女子がケイコの背中をバシンとたたき、うわずった声をあげる。

ケイコが陸斗をねらっていることは、クラスの女子のほとんどが知っている。

みんな、いっせいにキャーキャー言いながら、飛びはねて盛りあがった。

「んもう、やめてよぉ」

ケイコの、あまく鼻にかかった、うれしそうな声を聞くと、ひまりの胸の高なりは一気に急降下。

ひまりは、そっと、陸斗から目をそらした。

「告白しちまえよ、陸斗！」

雅也がニヤリと笑い、すっかりその気になっているケイコは、頬《ほお》を真っ赤にそめ、はずかしそうにうつむいた。同性のひまりから見ても、はにかむケイコのしぐさは可憐《かれん》でかわいらしい。

「ひゃーっ。相川、やるなぁ」

ひまりのそばでは、千夜子《ちやこ》がワクワクと目をかがやかせている。

千夜子だけではない。

クラス全員が、今にもはじまりそうな公開告白を、かたずをのんで見守っていた。

陸斗は顔を上げ、ぐるりと教室を見わたすと、あきれたようにため息をつき、

「するかよ、バーカ」

軽い口調でそう言った。

「なんだよ、陸斗！　照れるなよ～」

雅也がニヤニヤしながら陸斗の肩をたたく。

「そんなんじゃねぇし」

陸斗はめんどくさそうに否定するけど、

「おまえ、顔赤いじゃん！」

雅也が指さして笑うので、

「相川が照れてる！　かわいい～！」

「ケイコのこと、あんまり待たせないであげてよ！」

「だからちがうって言ってんだろ」

陸斗が否定すればするほど、陸斗が好きなのはケイコで、陸斗はただ照れてるだけだとみんなは決めつける。

「んもう、みんな、すぐ悪ノリするんだから……」

ケイコは、頬をほんのりピンクにそめて、はずかしそうにうつむいた。

それさえも絵になり、女子たちのあいだから、うっとりとため息がもれる。

「美男美女で、ほんとお似合いだね！　少女漫画みたい!!」

千夜子が興奮気味にひまりをひじでこづいてくるので、

「う、うん、そうだね」

ひまりは、心にもない同意をした。

受験の日。

相川くんを助けた。

赤い手袋。

――それなら、ひまりもぜんぶ、あてはまっている。

(でも、わたしじゃなかったんだ――)

ツキン、と胸がうずき、そこからじわじわと痛みが広がっていく。

見てられなくて、ひまりは、トイレに行くふりをしてそっと教室を出た。

10　はなれていく心

朝、駅につくと、ひまりはつい、改札口の前で待ってしまう。

どれだけ待っても、陸斗《りくと》がこないことはわかっているのに。

陸斗のギプスははずれたけど、リハビリが残っているらしく、今も家の人に車で送迎してもらっている。いつから電車通学に復帰できるかは、まだわからないようだ。

『まもなく、電車がまいります――』

聞きなれたアナウンスがホームから聞こえてくると、ひまりは改札をぬけ、早足でホームの一番端まで進み、先頭車両に乗る。そして山金駅《やまがね》でおりると、最近では、ひまりは陸斗のまねをして、エスカレーターではなく階段をのぼるようになった。

それが、陸斗が退院してからの、ひまりの朝の日課だ。

その日の朝は、雨がぱらついていた。ひまりは改札口のあたりで立ち、おりたたみ傘を

たたんでいると、

「おはよ」

ぽん、と肩をたたかれた。

「ひゃぁっ！」

まさかだれかに声をかけられるとは思わず、油断していたひまりは、たたみおえたばかりの傘をおとしてしまった。

「ははっ。そんなにおどろいてくれなくても」

陸斗は肩をゆらして笑うと、おちた傘を拾い、ひまりに手わたす。

「ありがと。――おはよう。ひさしぶりだね」

「昨日も学校で会ったけどな」

「そうだけど。朝、駅で会うのはひさしぶりってこと。もう車じゃなくても大丈夫なの？」

「ああ。完全復活だぜ」

陸斗はそう言うと、親指を立ててニカッと笑った。

『まもなく、電車がまいります――』

「おっ。急ぐぞ」

あごをくいっと上げ、ひまりに先に改札を通るよううながす。

「う、うん」

　ひまりはパスケースをピピッとリズミカルに改札にかざし、はずむ足どりでホームへの階段をかけあがった。


「あー、眠《ねみ》ぃ～」

　車両のなかほどまで進んだところで立ちどまると、陸斗はぶらさがるようにしてつり革につかまり、大きく口を開けてあくびをした。

「ふふふ。寝不足？」

「ああ。英作文の宿題が出てたの、すっかり忘れてたさ。夜中に思いだして、あわててやった」

「まさか、あれを一晩で書いたの？　すごいね！」

　今回の英作文の宿題は、英語の長文を読み、それにたいする自分の意見を二百語以上で書くという、ボリュームのある課題だった。ひまりは二日がかりでやっとしあげたというのに、それを一晩で完成させたとは。

「わたしはあの長文を読むだけで一日かかっちゃったよ」

　尊敬のまなざしで見あげると、陸斗はバツの悪そうな顔をして、首すじをポリポリとかいた。

「あの英文の和訳、ネットに載ってたからそれを読んだんだ」

「えーっ、ズルい！　そんなのがあったなんて、知らなかった」

「でも、いいじゃん。水沢《みずさわ》なら、そんなズルしなくても、英語の読解は得意だろ？」

「そんなこと……」

謙遜《けんそん》して手をふったが、たしかに、英語は得意科目ではある。

「世界で活躍するスポーツジャーナリストだっけ。水沢なら、本当になれると思う」

「えっ!?　ななな、なんで知ってるの？」

ひまりがおどろいて見あげると、陸斗のほうこそ、さらにおどろいた様子で目を見ひらいた。

「なんで知ってるって――そりゃ、だって……」

「だってわたし、スポーツジャーナリストになりたいってこと、だれにも言ったことがないのに」

すると陸斗は、あきらかに言葉につまり、唖然《あぜん》となってひまりを見おろす。

「その話、水沢が図書館でしてくれたじゃん」

「図書館!?　相川《あいかわ》くんでも図書館に行くこと、あるんだ！」

陸斗が図書館に行くイメージなどまるでなくて、ひまりは思わず声をあげて笑った。
ところが陸斗にとっては、笑えない冗談だったらしい。
「ほんとに覚えてないのか？」
責めるような口ぶりだった。
「おれにとっては、かんたんに忘れられるようなことじゃなかったんだけどな」
ぼそっ、と陸斗は低い声でつぶやく。
（あ……）
思ったより深刻な反応をされて、ひまりはあせり、口のなかが急速にかわいていく。
なにか言わなきゃ。なんとかしなくっちゃ。
（そういえば――）
あの青いノート。
あそこに『図書館で相川くんから……』という一文を見たことがある。
それを見たときも、相川くんが図書館なんて！　とおかしく思ったっけ。
（そのつづきは、なんて書いてあったっけ……）
必死で記憶の糸をたぐりよせ――、
「思いだした！　消しゴム！　わたし、相川くんに消しゴムをもらったんだよね？」

ひまりは、ぽんと手をたたいた。

あのノートには、たしか、『図書館で相川くんからもらった消しゴム』と書かれていた気がする。

「──覚えてるの、それだけ？」

つり革をつかむ腕にもたれかかるように立っていた陸斗は、冷ややかにひまりを見おろした。

「…………」

覚えていること、というか、ノートに書かれていたのは、それだけだ。

（もっとくわしく書いておけばよかった……）

今さら悔やんだところで、もう遅い。

それっきり、陸斗は口を開かなかった。

カバンから英単語帳をとりだし、パラパラとめくりはじめる。

陸斗の全身から拒絶の空気を感じて、ひまりは、話しかけるのがためらわれた。

ガタン、ゴトン──。

山金駅までの数分が、はてしなく長く感じられた。

（思い出、売らなきゃよかった……）

じわじわと心のなかに広がっていく、後悔の念。

『おれにとっては、かんたんに忘れられるようなことじゃなかったんだけどな』

図書館での思い出がなんなのか、今となってはわからないけど、陸斗がそんなふうに思ってくれているのに、自分が覚えていないというのが悲しくて、涙がこみあげてきた。

思い出を売るということを軽く考えていた自分に、蹴りを入れてやりたい。

気まずい沈黙のなか、ひまりは唇をかみ、手すりをぎゅっとつかんだ。

(あ……)

電車が川にさしかかり、川沿いの桜並木が見えてきたところで、ひまりは思わず目をそむけた。

『今度、朝、電車に乗ったときに教えてよ。桜紅葉《さくらもみじ》、いっしょに見ようぜ』

以前、そう言ってくれたこと、陸斗はもう忘れちゃったかもしれない。

そもそも、ただのその場のノリで話を合わせてくれただけで、たいして興味もないかもしれない。

本気にして、楽しみにしていたのはひまりだけだったのかもしれない。

それでも、ひまりは、陸斗といっしょに桜紅葉が見たかった。

だけど、もうすっかり枯れ木になっていて、葉は一枚もない。

ひまりはそっと陸斗の様子をうかがった。

陸斗は、窓の外に桜並木があることにも気づいていないようで、熱心に単語帳をながめている。

ひまりはなにも言えず、またうつむくと、小さく息をついた。

「じゃあな」

山金駅につくと、陸斗はひまりと目も合わせず、片手を上げて電車をおりていった。

「あ、相川くん——」

陸斗は、ふりむきもせず、階段を上がっていった。

その日、学校でも、陸斗は一度も目を合わせてくれなかった。

これまでは、教室で話す機会はなくても、目が合えばおどけた顔をしてくれたり、ちょっとした合図はあったのに。

不自然なほど、目が合わない。

駅からの帰り道。

ひまりは、重いため息をついた。

（わたし、さけられてる——？）

ツキン――……。

さすようなするどい痛みが胸に走り、ひまりは息をするのも苦しくて、バッグの持ち手をぎゅっとにぎりしめた。

11　悲痛な叫び

松葉杖もはずれて、日常生活を送る上ではなんの支障もなくなった陸斗《りくと》だけど、完全に元どおりの体にもどったわけではないらしい。

サッカー部に復帰したけど、プレイはせず、マネージャー的なことをしていると聞いた。

「すごいな、相川《あいかわ》くん」

それを聞いたとき、ひまりは感心した。

自分なら、見るのもつらくて、サッカーからはなれることをえらんでしまいそうだ。

(相川くん、もうこないのかな……)

朝、ひまりは改札口の前で重いため息をついた。

陸斗は、あれ以来、電車の時間をずらしているようで、駅で会うことはなくなった。

学校につくと、もう席について雅也《まさや》たちとバカさわぎしているので、きっと早めの電車に乗っているのにちがいない。

ひまりがもう一本早い電車にすれば会えるのだろうけど、さけられているとわかっていて時間を合わせる勇気は、ひまりにはない。

ある日、ひまりはいつもより三十分以上早い時間に家を出た。

先生から雑用をたのまれていて、少し早めに登校して職員室にくるようにと言われていたからだ。

電車を一本早めるだけでじゅうぶん間に合うけど、それだと陸斗と同じ電車になるかもしれない。

そう思って、ひまりはさらにもう一本早い電車に乗るべく、駅にむかったのだけど――。

(相川くん――!?)

ホームの一番端に、見なれた長身の姿を見つけ、ひまりはくるりと踵《きびす》をかえした。

むこうはまだ、ひまりに気づいてないようだ。

ひまりは柱のかげにかくれて、息をひそめる。

かじかんで真っ赤になった指先に、フーフーと真っ白な息をふきかけながら、ひまりは柱のかげからそっと陸斗を見つめた。

今シーズン、ひまりは手袋は、はめていない。

青いノートに書かれている、赤い手袋のこと。

その手袋のことは、残念ながら記憶にないのだけれど、ひまりは、それ以外の手袋ははめたくないと思った。

(相川くん、最近はいつもこの電車に乗ってたのかな)

ひまりをさけるためなら、三十分も早い電車にする必要はないだろうに……。

不思議に思いながらも、ひまりは、同じ電車のちがう車両にそっと乗りこんだ。


学校につくと、陸斗は昇降口には行かず、体育館の地下に直行する。

(どこに行くの……?)

ストーカーのようで気がひけるけど、ひまりはこっそりとあとをつけてみることにした。


陸斗は体育館の地下にある広場におりていく。

ここは、雨天時に野球部やサッカー部が練習に使用するぐらいで、ふだんはだれも使っていない。

陸斗は、壁にたてかけられているサッカーの練習用リバウンドネットを広場のなかほどに移動させると、どこにかくしてあったのか、サッカーボールをとりだした。

一連のなれた動きを見ているかぎり、この早朝の秘密特訓は、今日がはじめてではなさそうだ。

(相川くん、毎朝この時間にここにきてたのかな……)

『あれだけの事故だったんだから、命があるだけでじゅうぶん。こうやってふつうに生活できるだけでも奇跡らしいぜ? またサッカーがやりたいなんて、そんなぜいたくなことは言わないよ』

前に、笑いながら雅也たちにそう話しているのを見たことがある。

(でも、本当は、サッカー、やりたいんだ……!)

胸がしめつけられる思いで、ひまりは、陸斗に見つからないよう物かげに身をひそめた。

陸斗は軽く準備運動を終えると、たっ、たっ、たっ、と軽やかに助走をつけ、ネットにむかってシュートをはなった。

ボールは陸斗の足からはなれると、ふわりとネットに飛びこみ、地面をころころところがる。

キレもするどさもない、貧相なシュートだった。

黄金の左足とも評された相川陸斗のシュートは、見るかげもない。

「くそっ――」

陸斗はもう一度、ボールを地面にセットすると、助走をつけてシュートの体勢に入る。

左足を大きくうしろにふりあげ、ねらいをさだめてシュート！

――ぽす、ぽん、ぽん……。

今回もやはり、それほど勢いのないボールが、ゆるやかな放物線を描いてネットにささった。

その後も陸斗はつづけざまにシュートをはなったが、いずれも勢いにかけるものばかりだった。

「くそっ。くそっ、くそっ、くそーっ!!」

陸斗はその場にくずれおちると、コンクリートの地面に力いっぱいこぶしをふりおろした。

くやしそうにゆがめられた陸斗の頰《ほお》を、いくすじもの涙がつたう。

「くそ――。なんで足なんだよ。なんでおれなんだよ――っ！」

咆哮《ほうこう》にも似た泣き声が、コンクリートの壁に容赦《ようしゃ》なく反響した。

(相川くん――)

気がつけば、ひまりの目から涙があふれていた。

陸斗に気づかれないよう、ひまりはそっと校舎にもどった。

先生にたのまれた雑用を終えて教室に入ると、それでもいつもより少し早い時間だからか、人はまばらだった。

しばらくたち、ふだん、ひまりが学校につく時間が近づいたころ、するりと陸斗が教室に入ってきた。

「おはよ」

たった今学校にきたばかりという様子で、陸斗はなに食わぬ顔で教室に入ってくると、いつもと同じ笑顔で雅也たちとあいさつをかわす。

「陸斗、おはよっ！」

ぴょこん、とポニーテールをゆらしながらケイコが入ってくると、

「おっ！」

と陸斗はおどけた様子で右手を上げてこたえた。

その手を見て、ひまりはハッと目を見ひらいた。

陸斗の右手の甲には、赤いすり傷ができていて、うっすらと血がにじんでいる。

さっき、コンクリートに打ちつけたこぶしの、鈍く、やるせない音が、ひまりの脳内で

再生された。

（相川くん、本当は、サッカーしたいんだ――）

それから毎日、ひまりは考えた。

（相川くんのあんな姿、見たくないよ……）

時間がたつにつれて、陸斗をなんとかしてあげたいという思いが、ひまりのなかでじわじわとふくれあがる。

（もう一回、行こうかな――）

思い出を売ったことを後悔している今、出庫裏屋《デイクリヤ》には二度と行かないつもりでいたけど。

それで陸斗がもう一度サッカーができるなら……。

思い出にまつわる物は、残すところ、あと一つだ。

陸斗を好きになるきっかけとなった、キーホルダー。

『恋がめばえるときの思い出には、特別な力が宿っているんです』

以前、店主はそう言っていた。

あのキーホルダーを売れば、陸斗はもう一度サッカーができるにちがいない。

――ぽすっ。ぽん、ぽん、ぽん……。

あれから毎日、ひまりは一本早い電車に乗り、こっそり広場をのぞいている。

やはり、陸斗は、毎日一人で練習していた。

思うようにボールを操《あやつ》れず、くやし涙を流す彼の姿に、なんとかしてあげたいという気持ちがひまりのなかでどんどん大きくなっていく。

（このキーホルダーさえ売れば――）

ひまりは、犬みたいなライオンのキーホルダーをバッグの内ポケットからとりだすと、じっと見つめた。

『その思い出を売ってしまうと、相手を好きだという気持ちはもちろんのこと、その相手との思い出も、すべて忘れてしまうんです』

――そんなの、イヤだよ……。

すんでのところで決心がつかないでいた。

12　最後の日

雨の日の休み時間は、教室に湿気と熱気がこもり、みんなの声がわんわんと反響する。

ひまりは千夜子《ちやこ》ととりとめのないおしゃべりをしていると、

「きゃはは！　陸斗《りくと》、絵、ヘタすぎ〜！」

とつぜん、ケイコのかん高い声が聞こえて、二人は思わず顔を見あわせた。

「なんだよ、ケイコだってひどいじゃねぇか」

つづいて、陸斗の声。

口調はフキゲンそうだが、声は笑っている。

「んもう〜。ひどいよ、陸斗！」

みんなよりワントーン高いケイコの声は、耳をつんざき、ひまりはつい、声のするほうをふりかえった。

陸斗たちは五、六人ほどのグループでかたまっていて、おえかきしりとりをしているようだった。

「雅也《まさや》、絵、うまっ！」

「すげーギャップだな」

先日の席がえで、陸斗は窓ぎわの一番うしろの席になった。

それからは、定位置のように、陸斗の仲間たちは休み時間のたびにそこに集まっている。

「いいなぁ。相川《あいかわ》たち、楽しそうだね」

千夜子がうらやましそうに言った。

「わたしたちもおえかきしりとり、する？」

ひまりが提案すると、千夜子がげんなりとした顔をした。

「べつにおえかきしりとりが『いいなぁ』なわけじゃないし」

「わかってるけどさ」

雨の日特有のけだるく湿った空気は、気分をやさぐれさせる。

「あはは、やだ！　陸斗ってば、それドクロにしか見えないし！」

ケイコがケラケラと笑うのが、ひまりの神経にさわった。

「あの二人、やっぱりつきあってんのかな」

ゴシップ好きの千夜子は、後ろをふりむき、陸斗とケイコを指さした。

「どうなんだろね」

あの赤い手袋事件以来、二人が話しているところはよく見るけど、つきあいはじめたというウワサは、まだ聞かない。

でも——。

「時間の問題だろうね」

千夜子が言ったとおりのことを、きっと、だれもが思っている。

「そうだろうね」

ひまりは、早くこの話題を終わらせたいと思いながらあいづちを打った。

「あの二人、美男美女で、ほんとお似合いだよね」

「……そうだね」

ひまりは、心にもないことを口にする。

「両想いってわかってるんだし、早くくっつけばいいのにねー」

「…………」

でも、これには、たとえウソでも同意できなくて、ひまりはだまって視線をずらし、窓の外をながめた。

校内で、二人が肩をならべて歩く姿を、よく見かけるようになった。

「あの二人ってやっぱりつきあってるのかな」

「お似合いだもんね」

二人とすれちがうと、だれもがふりかえり、うらやましそうにウワサする。

学年きっての人気者どうし。

ビッグカップルの誕生に、みんなは色めきたっていた。

「ねえねえ、見た？　ケイコの手袋！」

「見た！　片っぽが赤で、もう片っぽが紺《こん》！」

「それで、相川は片方しか手袋をしてないの。それが紺！」

「きゃーっ！　それって、決定的じゃん」

ケイコの手袋が片方しかなくて寒いから、陸斗が自分の片方をかしたらしい。

「やっぱり、あの二人――――！」

どこにいてもその話でもちきりで、ひまりは耳をふさぎたくなる。

今日も、陸斗の席のまわりは、仲間たちがむらがって楽しそうにさわいでいる。

陸斗が中心でほがらかに笑っていて、そのとなりには、今にも目がハート型になってとろけそうな、ケイコ。

「いいなぁ。わたしも彼氏ほしいなぁ」

まるで青春ドラマのワンシーンのように盛りあがる彼らを見て、千夜子がため息をついた。

「つくればいいのに」

千夜子は責任感も強く、こう見えて情にあついところがある。とても素敵な女の子だとひまりは思うのだが、こういう話題になると、千夜子はいつも異常なほど謙遜《けんそん》する。

「だめだめ、わたしなんか。こんな剛毛で黒縁メガネでダッサイ女、だれも相手してくれるわけないじゃん」

「そう？　千夜子の髪、真っ黒で、まっすぐシャープなストレートで、いいなって思ってたけど」

朝、どんなにアイロンでのばしても、午後にはふわりとまるまってしまうくせ毛に悩むひまりからすれば、ぜいたくな悩みだ。

そう言うと、千夜子は目をまるくした。

「なに言ってんの！　ひまりこそ、ふわふわしてて、女の子らしくってかわいいのに」

「あはは。なんだかおたがい、ないものねだりだね」

「そうそう。となりの芝生は青いってね。──でもさ。ケイコみたいな子だったら、だれかをうらやましがったりすること、ないんだろうなぁ」

千夜子が目を細めて、教室の後ろのほうを陣取っている集団を見やる。

陸斗のそばではにかむように笑うケイコは、さすが読者モデルをしているだけあって、スタイルもバツグンで、髪もつやつやで天使の輪がかがやいている。

華があるというのは、こういう子を指すんだろうなぁ。

ケイコの存在は、ただそこにいるだけで、目をひくのだ。

でも、ひまりにとって、なにより目をひくのは、いつもはめている手袋だ。

片方は赤で、もう片方が紺。

休み時間のあいだも、ケイコはずっとはめたままでいる。

ケイコは身ぶり手ぶりが大きいので、見るつもりがなくても、真っ赤な手袋は視界の端にちらつく。

ひまりは、思わず目をそむけた。

「わたし、冷え性だから、手袋、はめてないと寒くて〜」

そう言って、教室のなかでも手袋をはめっぱなしにしているケイコを見るにつけ、

(だったら、新しい手袋、買えばいいのに……)

陸斗だって、片方がなければ寒いだろうに――。
そんな心のせまいことを思ってしまう自分が、自分でもいやになる。

＊＊＊

家に帰ると、ひまりは机のひきだしから、青いノートをとりだした。
『受験の日。相川くんを助けたときにおとした、片っぽの赤い手袋』
いつかの自分が書いたらしき、その文字を、指先でたどる。
教室のどこにいても、視界の端にちらつく、ケイコの真っ赤な手袋。
(あれは、本当は、わたしじゃないの――?)
なにかを言いたげな陸斗のまなざし。
そして、このノートに書かれた文。
符号はピタリと合うのに、記憶からぬけていて、ひまりにはどうすることもできない。
(どうして――)

ひまりは、ノートの文字をにらみつけた。

（こんな思いをするなら、思い出なんか、売らなきゃよかった……！）

ぽたりと涙がすべりおち、インクがじんわりとにじむのを、ひまりは、じっと見つめていた。

＊＊＊

「水沢《みずさわ》！　ちょうどよかった。これ、相川にわたしておいてくれないか」

廊下を歩いていると、担任の先生とばったり会ってしまい、ひまりは一冊のノートを手わたされた。

「えっ――」

よりによって、陸斗のノートとは。

ひまりは困ったが、ことわる理由が見つからない。

しぶしぶひきうけると、先生はほっとした表情をうかべた。

「ありがとな、水沢。助かる」

そう言ってにっこり笑うと、急いでいるのか、先生は足早に職員室にもどっていった。

残されたひまりは、ノートを持ったまま、しばらく呆然《ぼうぜん》と立ちつくしていた。

ノートを片手に教室にもどると、今日もやっぱり、陸斗たちは窓ぎわの一番うしろの一角に陣どり、楽しそうにしゃべっている。

陸斗のとなりには、ケイコ。

まるで定位置のようにそばにいるケイコは、頬《ほお》を上気させていて、「恋する乙女」の顔そのものだ。手にはあいかわらず手袋をはめていて、ひまりは、それが視界に入らないよう、不自然に顔をそむけた。

陸斗も、ケイコといるときは自然体で、雅也たちと接するときとかわらずにこやかに話す。

クラスの人気者が全員集合しているグループに一人で突撃するのは勇気がいったが、先生にたのまれているのでしかたがない。

「相川くん」

思いきって話しかけると、それまで楽しそうにしゃべっていた陸斗の顔から、一瞬で笑みが消えた。

「なに」

無表情でふりむき、椅子《いす》に座ったまま、ひまりを見あげる。

ついさきほどまでケイコに笑いかけていたのがウソのように、陸斗の顔はこわばっている。

あからさまなあつかいの差に、ひまりは、心をなぐられたかのようなショックを受け、

「これ――。先生が、相川くんにわたして、って……」

それだけ言うのが精一杯だった。

「なんだ。それだけ」

ひまりにしか聞こえないような小さな声でそうつぶやくと、陸斗は、けだるそうにノートをうけとった。

「うん。それだけ。じゃあね」

ひまりはうつむいたまま口ごもり、くるりと踵《きびす》をかえす。

そのとたん、中断されていた会話が再開したようで、

「でさー、来月の大会のメンバーを、この週末に決めることになってて――」

と、雅也が話しだすのが聞こえた。

「えーっ、雅也、やばいじゃん！　ねえねえ、陸斗、聞いてる？」

あいかわらずかん高いケイコの声が、耳の奥でざらつくようにひびき、ひまりはこれ以

上この場にいたくなくて、とっさに教室を出た。

「あれ？　ひまり、またトイレ？　さっき行ったばっかなのに？」

千夜子から不思議そうに聞かれたけど、それに返事をするよゆうもなかった。

（もう、ヤダ——）

トイレの個室にこもると、ひまりは頭をかかえこんでうつむく。

ケイコにむけられる、陸斗の笑顔。

ほんの少し前までは、毎朝、自分にもあの笑顔がむけられていたのに……。

あの手袋だって、もしかしたら、本当は——。

ここのところ、日に日にふくれていくどす黒い感情が、胸のなかであばれて、自分で自分がいやになってくる。

ひまりは、ぎゅっと目を閉じた。

すると、あざやかな赤い手袋がまざまざと思いうかび、ケイコのかん高い笑い声が脳の奥でこだまする。

ひまりは目を閉じたまま、耳をふさいだ。

それでも、ケイコの笑い声と赤い手袋は、消えなかった。

どうして、こうなってしまったんだろう。

どうすればいいんだろう。

息をするのも苦しくて、なにも考えられなくなる。

途方に暮れていると、チャイムの音がひびいた。

ひまりは重い足をひきずってトイレを出る。

教室に入ったとたん、陸斗と目が合った。

まるでにらみつけているかのようなするどい視線に、ひまりはたじろぎ、うつむきがちにそそくさと自分の席につく。

授業がはじまっても、ひまりは、陸斗のまなざしが頭からはなれない。

ケイコには決してむけない、射《い》るような冷たい目つきだった。

(もう、ヤダ……)

また、重いため息が、口をついて出てくる。

ひまりはうなだれ、じっと考えた。

じっと、真剣に、考えた。

＊＊＊

次の日の放課後、ひまりは家に帰らず、図書室で時間をつぶした。

日が暮れて、あたりが真っ暗になったころ、部活を終えた生徒たちがぞろぞろとグラウンドから出てくるのが見えた。

「がんばれ、わたし」

ひまりは自分で自分をはげますと、すばやく荷物をまとめ、昇降口にむかった。

「相川くん」

陸斗は、雅也と二人でふざけあいながら、靴をはきかえているところだった。

「水沢？　こんな時間に、なんでまだ学校にいるの」

ひまりが声をかけると、陸斗はいぶかしげに顔をしかめる。

「あ……あ、相川くんを、待ってた、から」

図書室にいる間、あんなになんども脳内で練習したのに、実際に声に出してみると、思っていたようにうまく言えない。

上ずった声で、しかもかんでしまって、ひまりは情けなくて顔を赤らめた。

「じゃあ、おれ、先に帰るわ」

ただならぬ空気を察したのか、雅也は、ぽんと陸斗の肩をたたくと、小走りで昇降口を出ていった。

雅也が出ていき、昇降口で二人きりになると、陸斗はゆっくりと口を開いた。

「──おれを待ってたって、なんで」

あいかわらず、陸斗の顔から笑みは消えている。

もう、あのやわらかな笑顔は、自分にはむけてもらえないんだと感じ、ひまりはこわくて膝《ひざ》がふるえてくる。

「これ──。相川くんに、あげようと思って」

ひまりは、用意していたものをバッグからとりだした。

「──は？　バナナオレ？」

虚《きょ》をつかれたようで、陸斗は思いっきり眉根をよせた。

「今日、ミルクティーを買おうとしたら、まちがってそれを買っちゃって──。わたし、それ、あんまり好きじゃないし、でも捨てるのももったいないし、そういえば相川くんがそれ好きだったなぁって思って」

用意していたセリフを早口で言うと、陸斗はますます不審そうな顔をした。

「これだけのために、今まで待ってたのか？」

「う、うん」

わけがわからない、といったふうで、陸斗は目をすがめる。

それはそうだろう、とひまりは自分でも思う。

たかだかバナナオレをわたすためにずっと待っていたなんて、だれが聞いても不自然だ。

でも、ほかにいいわけが思いつかなかった。

（へんに思われちゃったよね。でも、どう思われたっていいや。これが最後なんだから）

明日、ひまりは、陸斗との思い出をすべて忘れ、陸斗への気持ちも失う。

その前に。

ひまりは最後に一度だけ、陸斗と二人ですごしたかった。

電車に乗ると、ひまりと陸斗はドア付近に立った。

二人とも、窓にむかって立ち、ひと言も話さなかった。

これが最後だと思うと、ひまりは胸がいっぱいで言葉が出てこない。

話したいことが、たくさんあるはずなのに。

なに一つ、言葉にならない。

外はすっかり暗くて、窓は鏡のように二人の姿をうつした。

陸斗も、口を真一文字にひきむすび、じっと無言で窓を見つめている。

――ガタン。

とつじょ、電車がゆれて、ひまりはバランスをくずしそうになった。

「ほら、こっち」

陸斗はひまりの腕をぐいっとひっぱり、ドアのわきの手すりをつかまらせる。

「ありがと……」

きゅん、とひまりの胸がしめつけられた。

陸斗の、こういうさりげなくやさしいところも、大好きだった。

目頭が熱くなってきて、でもこんなところで泣いたら不思議に思われるから、ひまりはぐっと天井をにらみあげた。

(やっぱり、相川くんのこと、忘れるなんてできないよ……)

やっとかためたはずの決心が、もろくもくずれさりそうになる。

「ねぇ、相川くん」

ひまりは、思いきって陸斗に話しかけた。

「もし、願いが一つだけ叶うなら――なにを願いたい?」

「なんだよ、いきなり」

陸斗はおかしそうに眉根をよせたけど、

「うーん、どっちにするかなぁ……」

と、真剣に考えてくれた。

どっち、ってことは、どうやら願いたいことは二つあるらしい。

「うーん、迷うなぁ……」

思いのほか真剣に考えてくれているようで、陸斗は窓を見つめて、じっと首をひねっている。

窓にうつる陸斗の真剣な顔を、ひまりはそっとながめていた。

（ふふふ、相川くん、まつげ、長いんだ）

こんな間近で陸斗を見られるのもこれが最後かもしれないと思うと、どんなささいなことも見のがしたくなくて。

ひまりは、まばたきするのも惜《お》しくて、じっと陸斗を見つめた。

「よし、決めた」

やがて陸斗は願いを一つにしぼったようで、晴れやかに笑うと、ひまりにむきなおる。

「もし、願いが一つだけ叶うなら——おれ、もう一回、サッカーができますようにって願うかな」

「……っ！」

ガツン、と心に斧《おの》をふりおろされたような気がして、ひまりはまた、大きくバランスをくずした。

「――っと、あぶねぇ。だいじょうぶか？」

陸斗があわててささえてくれたので、よろけずにすんだけど、ひまりはまだ足元がぐらぐらとゆれている気がして、手すりを両手でにぎりしめる。

「う、うん、だいじょうぶ、ありがとう」

なんとかあいづちを打つと、

（ああ、相川くん、やっぱりサッカーがしたいんだ……）

ひまりは手すりをにぎりしめ、決意をかためた。

『まもなく山金《やまがね》、山金に到着します』

車内アナウンスが流れ、

（ああ、これで終わりだ――）

ひまりは、むなしい解放感におそわれた。

「明日も、いつもの早い電車？」

山金駅で電車をおりて、エスカレーターを上りきると、ひまりは立ちどまり、陸斗を見あげた。

「いつものって——」

目を泳がせてとまどう陸斗に、ひまりは、ふふふと笑ってみせる。

「知ってるよ。いつも早く学校に行って、こっそり練習してること」

「なんでそのこと——！」

秘密の朝練のことは、だれにも知られたくなかったようで、陸斗はたじろいでいる。

「来月の大会のメンバー、今週決めるんでしょう？　——相川くんも、出られるといいね」

すると、とたんに陸斗は機嫌をそこね、怒りをふくんだ口調で言った。

「おれが出られるわけ、ないだろ。——それとも、わかっててわざと言ってんの？」

「だいじょうぶ。相川くんのたった一つの願いごと、きっと、叶うから。だから、明日からも練習がんばってね。約束だよ」

ひまりはそう言うと、乗りかえホームへの階段には背をむけ、山金駅の改札に体をむける。

「じゃあ、わたし、今日はここでおりるから」

「えっ、帰らないのか？」

あたりまえのように乗りかえホームの階段にむかおうとした陸斗は、おどろいてふりむいた。

「うん。ちょっと用事があるの」

「こんな時間にどんな用事だよ。――遅いし、送るけど？」

陸斗の最後のやさしさに、ひまりは胸がつまり、泣きそうになる。

でも、そんな感情は表に出さず、ひまりはなんでもないことのように言った。

「ありがと。でも、相川くんにだけは言わない」

「――なんだよ、それ」

陸斗はムッとして、両手を乱暴にポケットにつっこんだ。

「もう、知らね」

そう言って、くるりと背をむける。

「じゃあね。バイバイ」

「ああ。気をつけろよ」

陸斗は両手をポケットにつっこんだまま、階段にむかった。

（バイバイ、相川くん）

ひまりは、心のなかでもう一度そうつぶやくと、踵《きびす》をかえし、山金駅の改札を出た。

定期をかざし、ピピッと電子音が聞こえたとたん、緊張の糸が切れたと同時に涙腺《るいせん》も切れたようで、涙が両目の端から一気にあふれだす。

ひまりはバッグからハンカチをとりだし、目元をおさえ、急ぎ足で駅の出口にむかった。

その拍子に、なにかがひらひらと落ちたことにも気づかずに——。

13　忘却

「本当に、いいんですね」

出庫裏屋《ディクリヤ》の店主が念をおす。

「はい。いいんです」

ひまりはキーリングから鍵をはずすと、キーホルダーをガラスケースのなかに入れた。

今日は、青いノートは持ってこなかった。

どうせ陸斗《りくと》への想いも、陸斗との思い出も、この店のことも、すべて忘れてしまうんだったら、書きとめておく必要なんてない。

「では、これを」

店主からわたされた白い手袋をはめると、ひまりは両手をそっとガラスケースの上にのせる。

（これで相川《あいかわ》くんが元どおり、サッカーができるなら――――！）

ひまりはぎゅっと目をつぶった。

＊＊＊

あれは中学一年生の一学期。

期末試験が終わり、あと少しで夏休みがはじまるという、解放感と期待が入りみだれたいちばん楽しいときだった。

「すげぇ！　陸斗、今度の大会でセンターバックだってよ！」

「マジか！　一年でそれって、やばくねぇか？」

一カ月後にひかえた大会のメンバーが発表されたらしく、サッカー部の男子たちが大声でさわいでいた。

「でも、今度の大会って、県大会予選もかねたやつだよな？」

「そうそう、三年の引退もかかってる大事な試合。その試合に、陸斗のやつ、センターバックで出るんだとよ」

サッカーにまったく興味がないひまりは、みんなが騒々しくウワサしているのを聞いても、まるでピンとこなかった。

「でも、センターバックって、キャプテンが入ってたポジションだよな……」

「それな。今度の大会、キャプテンは試合には出ず、ベンチなんだって」

「げっ。陸斗、キャプテンをさしおいてスタメン⁉　それ、いいのか……？」

嫉妬《しっと》と羨望《せんぼう》と尊敬が複雑にからみあっているようで、しばらくは、その話題で持ちきりだった。

「相川くんって、第三小からきたイケメンの子でしょう？　それで一年なのにスタメンって、映画みたいだね！」

「へぇ、そんなにイケメンなんだ」

「なに言ってるのよ、見たことないの？　そこらのアイドルよりよっぽどかっこいいよ！」

女子たちも色めきたって、休み時間になると、陸斗の姿を見にわざわざ教室にむらがるほどだった。

当然、よくも悪くも目立ち、「一年生のくせに」と揶揄《やゆ》されることもあれば、「一年生なのにすごいよね！」と褒《ほ》めそやされたり。

陸斗の名前を聞かない日はないほどで、一度も同じクラスになったことがないひまりでも、陸斗の名前はしっかりすりこまれた。

当の陸斗はといえば、ムキになって言いかえすこともなければ、天狗《てんぐ》になることもなかったそうで、まわりがどれだけ好き勝手うわさをしても、それにくわわることなく、いつもどおりサッカーにあけくれていたらしい。

それを聞いて、なんとなく、ひまりは、

（へえ、すごいな）

と思った。

ブレなくて、すごいな。と。


夏休みを目前にひかえた、ある日の夕方のこと。

涼しい時間帯をねらって、ひまりは散歩を楽しんでいた。

堤防沿いから河川敷におりて、ゆっくりと歩いていると、ふと、すぐそこのサッカーコートで、だれかがボールを蹴《け》っているのが見えた。

見ると、最近話題の相川陸斗だった。

自主練なのだろう、一人でボールをあやつっている。

真剣な目つきでゴールをにらむ、その横顔がきれいで、ひまりは思わず足をとめた。

汗しぶきが夕日を反射してきらきら光り、まぶしい。

なるほど、女子たちがさわぐのもなっとくだ。

ひまりは、ショルダーバッグからミルクティーのペットボトルをとりだし、飲もうと口にあてたら――。

「わっ！　あぶない！」

とつじょ、するどいさけび声とともに、ボールが勢いよく飛んできた。

「きゃぁっ！」

ぼすん、とボールがひまりの腕にあたり、持っていたペットボトルは手からふきとび、弧《こ》を描いて地面におちた。

「うわぁ、すみません！　すみません、すみません！」

陸斗が血相をかえて飛んできて、地面にころがったペットボトルを拾いあげる。

「いや、べつに、だいじょうぶ――」

「ぜんぜんだいじょうぶじゃないし！　うわぁ、服もこんな……すみません！」

ひまりの服を見て、陸斗はみるみるうちに青ざめていく。

たしかに、真っ白のブラウスは、ミルクティーがこぼれて見るも無残なことになっていた。

「どうせ、今から家に帰るだけだし、そんな、ぜんぜん、だいじょうぶ」

ひまりが言うと、ようやく陸斗は顔を上げた。

「あれ――？　ひょっとして、同じ学年の……？」

陸斗は、ひまりを見て、首をかしげた。

名前を思いだそうとしても思いだせないようで、バツが悪そうに苦笑いしている。

「C組。水沢《みずさわ》ひまりです」

「ああ、やっぱり！　見たことあると思った。――おれ、相川陸斗、B組です」

今や、一年B組の相川陸斗を知らない者はいないというのに、陸斗は律儀《りちぎ》に自己紹介をする。

「どうしよう、どうしたらいい？　こういうときって、服とか、弁償《べんしょう》するもの？」

陸斗が頭をかきながら困ったように言う。

「しないよ、そんなこと」

ひまりはあきれた。

「でも、そういうのって、シミになっておちないんだろ？　前におれ、母さんの服にコーヒーをこぼしたら、めちゃめちゃ怒られたんだ」

弱りきったように言う陸斗がおかしくて、ひまりは声をあげて笑った。

「コーヒーは、まずいね。洗ってもおちないもん。――でも、だいじょうぶ。わたしのこのブラウスは安物だし、どうせ、もう小さくて着られないし、ほんと、気にしないで！」

何度もそう言ってるのに、陸斗はどうしても気になるらしく、

「あ、そうだ。おれ、ちょうどいいもの持ってるんだった。ちょっとそこで待ってて！」

そう言いおき、陸斗はダッシュでサッカーコートに行くと、そばにおいてあったエナメルのスポーツバッグをひっつかんでダッシュでもどってきた。

さすが、足がはやいなぁ、と感心しているひまりの前で、陸斗は、青い小さなビニール袋をサイドポケットからとりだす。

「これ。あげる。――こんなんで服のかわりになるとは思えないけど……これでチャラにしてもらっていい？」

こんなことでなにかをもらうわけにはいかない、とはじめは遠慮したけど、陸斗もなかなかガンコだった。

「雑誌のおまけでついてきたやつなんだ。こんなものしかなくてごめん」

「いや、だから、べつに、なにも……」

「これ、イタリアのサッカークラブチームのマスコットキャラクターなんだけどさ。けっこう女子にも人気らしいぜ」

そう言って、ひまりにおしつけるようにして、ビニール袋をわたしてきた。

「――あ、ありがとう」

イタリアどころか日本のクラブチームのこともさっぱりわからないのに、そのようなものをもらったところで宝の持ちぐされ以外のなにものでもないのだけど――。

陸斗のいきおいに負けて、ひまりは、ビニール袋をうけとった。

手のひらにすっぽりとおさまるサイズで、なかにはなにかかたい物が入っているようだった。

なかをとりだすと、アクリルキーホルダーが出てきた。

「かわいい犬だね」

ほかに言いようがなくて、そう言ったら、

「いや、それ、ライオンなんだけど……」

と、陸斗は困ったように笑った。

「ごめん、やっぱ、そんなのもらったってめいわくだよな。なんかほかにないかな――」

陸斗があわてた様子でスポーツバッグをあさるので、ひまりのほうがさらにあわててしまう。

「だいじょうぶ！　ほんとうに、これでだいじょうぶだから！　っていうか、こんなレアなもの、わたしごときがもらって申しわけないっていうか……」

「ははっ。水沢さんって『だいじょうぶ』が口グセ？　さっきからそればっかじゃん」

「そんなこと、言われたことないけど……」

「あっ！　いいもの発見。これどう？　キーホルダーよりこっちのほうが好き？」

陸斗は目をかがやかせて、小さな保冷バッグをとりだした。

なかには、保冷剤といっしょに、

「じゃじゃーん。これ、おれのとっておき」

バナナオレが入っていた。

「――ぶっ」

ひまりは思わずふきだした。

バナナオレなんて、何年ぶりに見ただろう。

「なつかしい」

「なつかしいって――バナナオレ、ふだん飲まないの？」

「幼稚園ぐらいのときなら飲んでたけど」

「そこまでさかのぼっちゃう⁉　おれ、今でも毎日現役で飲んでるけど」

「毎日？　そんなに好きなの？」

「うん。だって、バナナオレは裏切らないじゃん」

「そ、そうかなぁ……」

陸斗はバナナオレのパックにストローをさすと、

「飲む？」

とひまりにつきだすので、

「ううん。だいじょうぶ」

正直言ってあまりバナナオレが好きじゃないひまりは、一歩あとずさった。

「ははっ、また『だいじょうぶ』って言った」

陸斗がのどの奥で笑いながら、

「じゃあ、これ、おれが飲んでいい？」

と、ひまりの返事もきかないうちにちゅーっと一気にすいあげる。

「ふふ。おいしそうに飲むね」

ひまりは肩をすくめて笑った。

「それにしても、元気だね。今日、部活あったんでしょう？　そのあとに自主練って、すごいね」

ひまりなんて、体育の授業が一時間あるだけでもヘトヘトになるのに。

「まあ、そりゃ、今はね。おれ、しんどいとか言える立場じゃないし」

ふいに、陸斗が真剣な顔つきになる。

「おれ、今度の大会でさ、試合に出させてもらえることになったんだ」

「うん」

そんなことは、学年中——下手《へた》したら学校中が知っている。

「その大会って、先輩の引退試合でさ。勝ちすすめば県大会まで行けるけど、負けたらそこで終わり。三年は引退」

「うん」

「先輩たちは、これにむかってずっとがんばってきたのに、よりによってキャプテンがケガしちゃってさ。全治二週間なんだってよ」

「えっ——」

ひまりは思わず聞きかえした。

陸斗がキャプテンのポジションをうばった、という話ばかり聞くけど、そのキャプテンがケガをしたとは初耳だった。

「そう。全治二週間。地区大会には間に合わないけど、県大会には間に合うんだってよ。メンバー発表の前日、おれ、キャプテンによびだされてさ。『たのむぞ、相川。おれを県大会につれてってくれ』って言われたんだ。——そんな約束されたら、守らないわけにいかないだろ?」

「うん」

バナナオレを飲みおえた陸斗は、くいっと顔を上げると、少しはなれたところにあるゴールポストをにらみつけて、力強く言いきった。

「だから、おれ、だれになんと言われようと、ぜったいに地区大会を突破するって決めたんだ。キャプテンが復帰するまでは、ぜったいに予選で勝ちあがりつづける、って」

そう言いきると、陸斗はひまりをふりかえり、ニカッと笑った。

——どきん。

その瞬間、ひまりは、それまで経験したことのないような胸の高鳴りを感じた。

「うん。がんばって。わたし、応援する」

「ありがとう」

ひまりが陸斗に特別な想いをいだくようになったのは、この日がはじまりだった。

あの日、結局キーホルダーをもらうことになったひまりは、さっそく家の鍵につけた。

それだけで、気持ちがふわふわとはずんだ。

地区大会の日、ひまりは、友人たちとみんなで応援にかけつけた。

一回戦をなんなく突破し、盛りあがったのもつかのま。

二回戦で強豪《きょうごう》チームとあたってしまい、延長戦まで持ちこんだものの、惜《お》しくも敗れた。

その日、ひまりが河川敷に行ってみると、思ったとおり、陸斗は一人で泣いていた。

（相川くん――）

ひまりは胸がしめつけられるようだった。

かける声が見つからず、ひまりは、持ってきたバナナオレをそっとゴールポストのそばにおくと、だまってその場を立ちさった。


ひまりがスポーツニュースに興味を持つようになったのは、このころからだ。

プレイの裏にある知られざる選手の秘話に、強く惹《ひ》かれた。

だれしもが、多かれ少なかれ、陸斗のようになにか熱い思いを秘めてプレイしている。

――そんなアスリートたちに胸を打たれて、テレビのスポーツニュースだけでは物足りなくなり、スポーツ雑誌を読みあさるようになり、いつしか、スポーツジャーナリストになりたいと思うようになった。

あの夏、ひまりは、はじめての恋心と、そして、将来の夢を、見つけた。

＊＊＊

「ひまりさんの思い出、たしかにいただきました」

店主の声で、ひまりは現実にひきもどされた。

そっと目を開けると、ガラスケースのなかはからっぽになっている。

「今日はもう遅いので、気をつけてお帰りくださいね」

店主に見送られて、ひまりはゆっくりと店をあとにした。

心のなかも、ガラスケースのように、ぽっかりとからっぽになったようだった。

＊＊＊

翌朝、ひまりが駅につくと、改札口の前に同じクラスの相川陸斗が立っていた。

背が高いので、遠くから見ても、すぐにわかる。

小中と同じだったけど、同じクラスになったのは、高校に入ってからがはじめてだ。

でも、スポーツ万能な陸斗と、文化系のひまりとでは、まるで接点がない。

住む世界がちがいすぎて、クラスが同じといえども、親しくしゃべったことはない。

かといって知らない仲でもないので、ひまりは陸斗に軽く会釈をしてそばを通りすぎると、ピピッと定期を改札口にかざし、ホームにむかった。

「お、おい――！」

陸斗があわてた様子でひまりに声をかけ、急ぎ足で追いかけてくる。

「ん？　どうかした？」

なにかおとし物でもしたのかな。

ひまりは、きょとんと首をかしげた。

「どうかした、って……。それは、おまえだろ――？」

陸斗は絶句しているけど、ひまりは、なんでそんな反応をされるのかがわからない。

「それとも、おれが約束をやぶったから怒ってるのか？」

「約束――？」

「朝練、ちゃんとやるっていう約束」

なにを言っているのだろう、この人は。

ひまりのような地味な存在が、学年きっての人気者の陸斗と、なにか約束などできるはずもないのに。

「それより昨日、あのあと、大丈夫だったか？　あんな時間から、どこに行ってたんだよ」

「昨日？　べつに、どこにも――」

ひまりは眉間《みけん》にしわをよせて――、

（そういえばわたし、昨日って、なにをしてたんだっけ……）

ふと、ひまりは、昨日の記憶がまるでないことに気がついた。

学校が終わって、図書室に行ったことは覚えているのだけど、その先のことがどうしても思いだせない。

（わたし、昨日、なんのために図書室に行ったんだっけ）

なにか、とても大事な用事があった気がするのに。

記憶に白いもやがかかっているかのようで、その後のことがなにも思いだせない。

家に帰ると、遅くなって母にしかられたことや、晩御飯がすっかり冷めていたことはハッキリと覚えているのに。

図書室にむかってから、家につくまでの数時間のことが、記憶からすっぽりと抜けおちている。

ツキン、と頭の奥にするどい痛みを感じて、ひまりは、首のつけ根のあたりをぐっと指でおさえた。

そんなひまりを、陸斗は、はじめはフキゲンそうに、でも、しだいに不審そうに見おろした。

14　記憶のカケラ

小春日和《びより》のあたたかな休日。

ひまりは、のんびりと堤防沿いを散歩していた。

堤防からのゆるやかな坂をくだり、河川敷におりると、陸斗《りくと》が一人でサッカーの練習をしているのが見えた。

（いつもえらいなぁ）

朝からたっぷり部活で練習してきたはずなのに、休日の陸斗は、部活から帰ってきたあとも、こうして一人でトレーニングにはげんでいる。

（すごいなぁ、相川《あいかわ》くん）

ひまりは足をとめ、そっと陸斗の姿をながめた。

陸斗が、真剣なまなざしでゴールポストを見すえる。

その横顔を見ると、とくん、とひまりの胸が小さくはねた。

近ごろ、陸斗の姿を見かけると、すぐにこうなる。

陸斗のふとしたしぐさや表情に胸が高鳴り、ドキドキがおさまらなくなるのだ。

きゅっと胸がしめつけられるような、心の奥がひっぱられるような、あまくて痛い感覚。

こんな気持ちを味わうのははじめてのはずなのに——なんでだろう、前にも味わったことがある気もする。

でも、いつ、どこで、だれにこのような気持ちを抱いたのかどうしても思いだせない。

最近、こういうことが多い。

『ここんところ、ひまりって、もの忘れが多いよね』

千夜子《ちやこ》にも、よくからかわれる。

『一回病院で診《み》てもらったほうがいいかもよ。若年性《じやくねんせい》ナントカとか、突発性ナントカとか、なんかあるかもしれないし』

口ぶりこそ冗談っぽく言うが、千夜子なりに真剣に心配してくれているのはわかっている。

でも、病院に行くのは大げさな気がして、

『ちょっとボケてきたかな。トシかも～』

なんて笑ってやりすごしているけど、昨日はさすがにこたえた。

『本当に、覚えてないの？』

昨日、ケイコに言われたことを思いだし、ひまりはずーんと気分がしずんだ。

昨日の昼休み。

飲み物を買いたくて、購買の自動販売機に行くと、ちょうどケイコもお茶を買っているところだった。

ひまりにとってケイコは、クラスメートだけど遠い存在。

あまりかかわりがないので、こういうときに世間話をするほどの仲ではない。

とくに話しかけるつもりはなく、ケイコが買いおえるのをぼんやりと待っていたのだが、

「わたし、陸斗にふられたんだ」

ガコン、と音をたてた自動販売機から飲み物をとりだしながら、とつぜんケイコがそんなことを言い出したので、ひまりは心底おどろいた。

「あ、そ、そうなの？　それは、残念だったね……」

なんと言えばいいのかわからなくて、うわすべりななぐさめの言葉しか出てこない。

（なんでわざわざわたしに言ってくるんだろう）

断言できるが、ケイコとは、恋バナをするほど親しくない。

「ひまり、前に陸斗と二人で教室で話してたでしょう？　わたしね、あれ、聞いてたんだ」

「へぇ……」

『話してたでしょう？』と言われても。

そんなこと、あったかかな。

まるで記憶になかったけど、それは言わないほうがいい気がして、ひまりはだまってうなずいた。

だが、ひまりの反応がうすいのがじれったいのか、ケイコはムキになった様子で、キッと目をつりあげた。

「受験の日に赤い手袋をおとした子のことが気になってる。って、陸斗があなたに話してたじゃない」

「そ、そうだったかも？」

まったく記憶にないけど、ここでケイコにたてつく勇気もないので、てきとうにあいづちを打ってごまかしておく。

「わたしね、その手袋の持ち主のふりをしたつもりだったんだけど、うまくいかなかった。陸斗、最初っからわかってたんだって。でもみんなの前で言えばわたしに恥をかかせちゃうからって、知らないふりをしてくれてたみたい。やさしいけど、残酷《ざんこく》だよね。――なんて、ウソついて持ち主のふりをしてたわたしに、そんなことを言う資格はないんだけどさ」

てへへ、とケイコはうしろめたそうに笑ったが、そういうふうに笑えるまでに、たぶんいっぱい泣いたのだろう。

持ち主のふりをしてまで陸斗の気をひこうとしたケイコの気持ちが伝わってきて、ひまりまで胸が痛くなる。

「そっか……。それはつらかったね」

今度はうわべだけじゃなく、本心から、なぐさめの言葉が出てきた。

「ひまりは、本当に知らないの？　手袋をおとした子のこと」

「わたしが？　知ってるわけないよ。だいたいわたし、相川くんとは、地元が同じってだけでべつにたいして話したこともないし……」

「そうなの？　あのとき、陸斗と二人きりで楽しそうに話してたから、昔から仲いいのかと思ったけど」

ケイコがいぶかしむように言うけど、ひまりは陸斗と二人きりで話した覚えなどなく、「あのとき」というのがいつのことを指しているのかもわからない。

「うーん……。それ、本当にわたしだった？　人ちがいじゃなくて？」

するとケイコは、せつなそうに目を細めて、

「ねぇ。ひまり、本当に、覚えてないの？」

と、問いつめるような口調で重ねて言ってきたけど、覚えてないものはどうしようもない。

ひまりは、力なく首を横にふることしかできなかった。

「――そう。本当に覚えてないのね……」

ケイコはあきらめたようにため息をつき、教室にもどっていった。

ケイコがウソをついているようには見えなくて、でも、ケイコがいったいなにを言っているのかさっぱりわからなくて、ひまりは飲み物を買いにきたことも忘れ、しばらく立ちつくしていた。

(わたし、どうしちゃったんだろう――)

ときたま、ひまりは強い不安におそわれる。

完璧に完成したはずなのに、いくつかピースがぬけおちたジグソーパズルのように。

ところどころ、記憶のカケラが見あたらない気がして。

ひまりは自分で自分がわからなくなる。

やっぱり千夜子の言うとおり、病気なのかもしれない。

──ポーン……。

河川敷でぼんやりと物思いにふけっていたが、ふいに足元にボールがころがってきて、ひまりは我に返った。

陸斗が蹴《け》ったボールが、ゴールをはずれて、こちらにころがってきたらしい。

「あっ……」

ひまりはあわてた。

こっそり見ていたことが知られたら、ストーカーみたいで気味悪がられるかもしれない。

とっさにかくれようとしたけれど、なにもない河川敷で、身をかくせるような場所などあるわけがない。

ひまりは観念して、ボールを拾いあげると、かけよってきた陸斗にむかって軽く投げた。

「水沢《みずさわ》！　サンキュ」

陸斗はボールをキャッチすると、サッカーコートのほうにはもどらず、ひまりのそばまでやってきた。

「ど、どういたしまして」

ただボールをとりにきただけだと思っていたのに、陸斗が真正面まできて立ちどまるものだから、緊張して、ドキドキと心拍数が急上昇する。

「散歩しながら英語の勉強？　すごいな」

ひょいっとひまりの手元をのぞきこみ、単語帳を見て、陸斗がおどけた口調で言った。

「だって明日、英語の小テストだし……。ぜんぜん覚えてないから、やばいなって思って」

「ははっ。それなら、散歩なんかしてる場合じゃないだろ」

「相川くんだって。サッカーしてる場合じゃないじゃん。小テストの勉強、しなくていいの？」

しかえしのつもりで言ったのに、陸斗は、ふとさみしそうに目を細めてつぶやいた。

「『勉強』は禁止。──って、それも覚えてないよな」

「えっ？」

よく聞こえなかったので聞きかえすと、

「いや、なんでもない」

陸斗は首をふってごまかす。

「今回は勉強よりサッカー優先しようと思ってさ。せっかくサッカーができるようになったし」

「うん」

「おれ、今度の試合、出られることになったんだ」

「そうらしいね。すごいね。おめでとう」

少し前に、サッカー部で、今度の大会の出場メンバーが発表された。

二度とサッカーはできないだろうとまで宣告されたらしいのに、とつぜん劇的な復帰をとげた陸斗が、一年生で唯一のスタメンの座をかっさらったことは、学校中の話題となった。

「え」

「――ひとごとみたいに言ってるけど、これ、水沢のおかげなんだぜ」

なにもしてないのに、なにを言ってるのだろう、この人気者は。

ひまりは、まるで詐欺師《さぎし》を見るかのような目をむけた。

だがそんな視線をものともせず、陸斗はつづける。

「相川くんならだいじょうぶって水沢が言ってくれたから、おれ、がんばれた」

「そんなこと言ったっけ……」

ひまりが首をかしげると、陸斗はせつなそうに目を細めた。

15　新しい思い出

それから三カ月——。

暦《こよみ》の上では春だというのに、まだまだ肌をさすような寒さがつづいていた。

朝、いつものように真っ白な息をはきながら駅の改札をぬけると、ひまりはホームの真んなかあたりで立ちどまり、バッグから雑誌をとりだした。

図書館から借りた、海外のスポーツ雑誌だ。

記事は英語で書かれていて、はじめのうちは読んでもまったく理解できなかったけれど、最近では、集中して読んでみると半分ぐらいはわかるようになってきた。

しばらく雑誌の記事を熱心に読んでいたひまりだが、やがて改札のほうから気配を感じると、とたんに集中力が消えてなくなる。

ちらりと横目で様子をうかがうと、ホームに上がってきた陸斗《りくと》が、ゆっくりとこちらにむかってくるのが見えた。

すらりと細身だが、制服ごしにもわかる、たくましい体つき。

朝からさわやかで、ホームにいる他校の女子たちが、陸斗が通りすぎたあとにこっそりふりかえっているのが見える。

陸斗がこっちに近づいてきた。

ひまりは、陸斗のことなどまるで気づいていないかのように、顔を雑誌にうめるようにして、記事に夢中になっているふりをする。

陸斗がひまりのすぐ後ろを通りすぎていくのを、背中で感じる。

この瞬間、毎朝、ひまりは息がとまりそうになる。

やがて陸斗がひまりの後ろを通りすぎ、ホームの端までたどりついたころ、ひまりはようやく顔を上げ、こっそりと陸斗の横顔を盗み見る。

(はぁ〜、かっこいいな、相川《あいかわ》くん……)

陸斗とは、ごくごくたまに話すことがあるけど、かっこいいだけでなく、人当たりもやわらかくてやさしい。

話せば話すほど、もっと話したくなる。

人を好きになるって、こういうことなのかもしれない、とひまりは思う。

乗りもの酔いするひまりは、電車のなかでは本や雑誌を読むことができない。

毎朝、窓の外をぼんやりとながめているのだけれど、山金《やまがね》駅の少し手前、電車が川をわたりはじめると、なぜか心がさわぎだす。

川の両岸に立ちならぶ桜の裸木《はだかぎ》をながめていると、なにか大切なことを忘れている気がして、息が苦しくなってくる。

でも、なぜそうなるのか、どうしてもわからない。

苦しくて、窓から目をそらし、山金駅につくまでの残り数分をなんとかやりすごす。

そしてようやく山金駅につくと、

「千夜子《ちやこ》、おはよ」

「ひまり、おはよう！」

ひまりは、待ち合わせているいつものメンバーと合流し、他愛もない話をしながら学校にむかう。

刺激もないけど、波乱もない。

おだやかで楽しい、平凡な毎日。

ひまりは、この平和な高校生活に、心から満足している。

でも、ときどき、むしょうに、なにかがちがう気がしてならなくなる。

もどかしくてたまらない。

でも、なにが足りないのかわからない。

この違和感はなんなんだろう——。

深く考えようとすると、なぜか、頭の奥がツキンとするどく痛み、それ以上考えられなくなる。


月日はめぐり、三月になった。

一年生も、残すところ、あと数週間だ。

その日も、ひまりは朝、ホームのなかほどで立ちどまり、電車がくるのを待っていた。

いつものように、陸斗がやってくるのを横目でこっそりとながめ、

（ふふふ、眼福《がんぷく》、眼福）

と心のなかでにやけていると——。

「水沢《みずさわ》、おはよ」

思いがけず、陸斗がひまりのそばで立ちどまり、しかも話しかけてきたので、ひまりは飛びあがりそうなほどびっくりした。

「先頭の車両のほうが、山金駅で乗りかえるときに階段の真下に出るからラクだよ」

陸斗はそう言って、ホームの端のほうを、指でくいくいっとしめす。

「えっ⁉　あ、そうなの？　知らなかった」

「一年近く通ってんだから、早く気づけよ」

バカにするような口調だけど、目元はやさしく笑っていて、その笑顔が自分にむけられているのが信じられなくて、ひまりは夢見心地になる。

プルルルルル……。

まもなく電車が到着することを知らせる、けたたましいベルの音が鳴りわたり、ひまりは思わず肩をすくめた。

「ほら、早く行こうぜ。電車がくるよ」

陸斗は、こつんとひまりの頭をかるくこづくと、さっさと歩きだした。

（ええっ！　わたしもいっしょに行っていいってこと⁉）

となりにならんで歩いてもいいものか、自信が持てなくてうじうじしていると、陸斗がふりかえり、せかすようにあごをしゃくったので、ひまりはあわてて陸斗の後を追った。

電車に乗りこむと、

「水沢、つり革つかみづらいだろ？　ほら、こっち」

と陸斗は手すりのほうに誘導してくれて、ひまりは、いったいなにが起きているのかわからず、心拍数が上がりっぱなしだ。

「そういえば、文理の希望票って今日までだっけ」

陸斗は、昔からの友達かのような気安さで話しかけてくる。

「う、うん。今日までだね」

二年になれば、文系と理系でクラスがわかれる。

その希望票は、今日が提出期限だ。

「水沢は、もう出した？」

「うん。昨日、文系で出したよ」

「じゃあ、いっしょだな」

（わぁ、やった！）

ひまりは心のなかでガッツポーズを決めた。

これで、来年も同じクラスになる確率が、ほんの少し高まった。

その後、陸斗は、サッカーでスポーツ推薦《すいせん》をねらうなら文系だと先輩にすすめられたという話を、おもしろおかしく聞かせてくれた。

「おれ、サッカー、本気でがんばるつもりなんだ」

陸斗はまっすぐにひまりを見つめると、誓いをたてるかのように、強い口調で言った。

「うん！　応援してるよ」

ひまりはうなずき、にっこりと笑いかける。

サッカーに打ちこんでいる陸斗の姿を見ると、ひまりはいつも、胸が熱くなる。

この秋、陸斗は事故にあい、全身打撲《だぼく》、複数箇所《かしょ》骨折という、大ケガをした。

二度とサッカーをすることはできないだろうといわれるほどの大ケガだったのに、奇跡の復活をとげた。

そこに至るまでには、目に見えない努力があったにちがいないのに、陸斗はいつもひょうひょうとしていて、まわりを楽しませている。

でも、この前の大会で、強豪《きょうごう》の藤和《とうわ》高校において陸斗が一年生ながら試合に出場したとき。ピッチを縦横無尽《じゅうおうむじん》に走りまわり、ファインプレーを連発するなどして活躍したものの、チームとしては勝利をあげることはできなかった。

試合後、くやしそうに顔をゆがめていた陸斗の姿が、ひまりはずっと印象に残っている。

目に見える活躍だけでなく、その裏に秘められたそれまでの道のり、心の奥にかくされた熱い思い――。

そういったものにふれたい。

その感動を、みんなとわかちあいたい。

――陸斗を見ているうちに、ひまりは自然とそう思うようになった。

それがきっかけで、図書館でスポーツ雑誌を読んでみると、「これだ！」と頭のなかで鐘《かね》が鳴りひびき、目指すべき進路が見えた。

今、ひまりは、スポーツジャーナリストを目指している。

（いつか――）

サッカーへの熱い思いを語る陸斗を見あげ、ひまりは思う。

いつか、陸斗がプロのサッカー選手になったら、一番に特集記事を書きたいな――。


次の日、ひまりは、駅のホームのなかほどで立ちどまると、おちつかない気分でいた。

（昨日のことって、ぜんぶ夢だったのかな――）

ひそかにあこがれている陸斗に声をかけられ、先頭車両にさそわれていっしょに山金駅まで行ったのは、あれは、本当のことだったのだろうか。

今日も、山金駅までいっしょに行ってもいいのかな。

それならホームの端のほうまで行ってたほうがいいのかな――。

自信がなくて、結局、ひまりはいつものようにホームのなかほどで立ちどまっていたのだけど、

「先頭の車両のほうが乗りかえに便利だって言ったろ?」

今日も陸斗はひまりのそばでいったん立ちどまると、あきれた様子でそう言って、ホームの端にむかって歩きだした。

「あれは、夢じゃなかったんだ――」

信じられなくて、思わずつぶやくと、

「ん?　夢がどうしたって?」

陸斗がふりかえり、たずねる。

「ううん、なんでもない!」

ひまりはあわてて陸斗のとなりにならんで、いっしょにホームの端にむかった。

「夢といえばさ」

ホームの端で立ちどまると、陸斗がゆっくりと口を開いた。

「おれ、このあいだ、かわった夢を見たんだ」

「ふうん。どんな夢?」

するとと陸斗は息をすいこみ、ひまりを見つめながら言った。

「――水沢が、思い出を売る夢」

「えっ……?」

「うさんくさい店があってさ。思い出とひきかえに願いを叶えてくれる店なんだけど。水沢がそこで思い出を売って、かわりに願いを叶えてもらってた」

「あはは。なにそれ。小説みたいだね」

ひまりは笑いとばしたけど、思いのほか陸斗が真顔でいるので、あわてて笑みをひっこめる。

「水沢が売ってた思い出っていうのがさ、おれとの思い出ばっかで」

陸斗はそこで一度区切ると、かるく目を閉じ、小さく胸を上下させてから、つづけた。

「おれが早くよくなるように、って。おれが、また、サッカーができますようにって。願ってくれてた」

「へぇ……それは、また、かわった夢だね」

たとえ夢のなかだとしても、自分がそんなに重大なポジションをあたえてもらえていたのがうれしくて、居心地が悪くなるぐらい照れくさい。

どう反応すればいいのかわからなくて、あいまいに笑いながら視線を泳がせていると、

「なあ、水沢」

陸斗が、強い口調でよびかけた。

「もし、今の話、夢じゃないって言ったら、どうする?」

「え？」

　ひまりは混乱した。

　夢じゃないって、どういうことだろう。

「実際にそういうお店があるってこと？」

（つまり、わたしが思い出を売って、相川くんのケガが治るようにお願いしたってこと？）

「あはは。まさか、そんなこと――」

　手をパタパタとふり、ふきだしていると、轟音《ごうおん》とともに電車が近づいてきた。

　ホームにいた人たちがドアにむかって歩きだす。

　もちろん、ひまりもその流れに乗ろうとしたが、陸斗は、動く気配がない。

「相川くん？」

　これに乗らなくちゃいけないのに、陸斗は立ちどまったまま、じっとひまりを見つめている。

　そんな陸斗をおきざりにして一人だけ電車に乗るわけにもいかない。

「えっと、相川くん、電車きてるよ？　乗らないの？」

　電車と陸斗を交互に見つめ、おろおろと立ちつくしているうちに、電車はドアを閉ざし、発車してしまった。

この駅でおりた人たちも、あっというまにホームからいなくなり、やがて、あたりには陸斗とひまりのほかには、だれもいなくなった。

(次の電車でも間に合うし、まぁ、いっか――)

すると、陸斗はためらいがちにズボンのポケットに手を入れ、財布を出した。

「これ。水沢がおとした」

財布のなかからとりだしたのは、一枚のカードだった。

「わたしが……?」

おそるおそる、ひまりはそのカードをうけとる。

でも、まるで見おぼえがない。

「人ちがいじゃないかな。わたし、こんなの知らな――」

「前、水沢といっしょに帰ったとき、山金駅で用事があるって言ってたことがあっただろ?　あのとき、おまえ、改札のあたりでこれをおとした」

「ふうん……」

表には「出庫裏屋」と書かれているが、ひまりには、この読み方さえわからない。

「出庫?　裏……?」

「裏を見てみろよ」

言われたとおりに裏をかえすと、ひまりの胸に衝撃が走った。

其《そ》の一
思い出を売るには、その思い出にまつわる物もいっしょにさしださなければならない
其の二
叶えてほしい願いにまつわる思い出を売るべし
なお、思い出とひきかえに叶えられる願いごとの難易度は、思い出の幸せ度と比例する
其の三
この店のことは、けっして人に話してはならない

「なに、これ……」

思い出を売る――？　それとひきかえに、願いを叶える――……？

たった今、陸斗が話した夢の内容そのものではないか。

作り話にしては、こんなカードまで用意するなんて、手がこみすぎている。

「このカードには店の住所も連絡先も載ってないから、さがすのにずいぶん苦労したよ」

そう前おきして、陸斗は、話しだした。

陸斗がこの店をつきとめたことを。

そこで、その店の人から、すべてを聞いたことを。

ひまりが出庫裏屋《ディクリヤ》で、陸斗との思い出を売り、それとひきかえに願いを叶えてもらっていたことを——。

にわかには信じがたい話だ。

思い出を売って、かわりに願いを叶えてくれるなんて、そんなお店が現実にあるわけがない。

こんなの、陸斗の作り話に決まってる。

——そう思うのに、ひまりは、これが現実かもしれないと感じていた。

最近、自分の記憶から、パズルのピースがぬけおちたかのようにそこだけ「無」になっていることがよくある。

千夜子から、病院に行ったほうがいいと心配されたほどに。

「じゃあ、わたし、病気じゃなくて、思い出を売ってたってこと……？」

ふたたびけたたましいベルの音が鳴りわたり、まもなく次の電車が到着することを知らせた。

「おれがまたサッカーができるように、思い出を売ってくれたんだってな。その思い出を売ったことで、すべて忘れた、って聞いた。店のことも。おれとの思い出も、ぜんぶ。

――それなのに、おれ、なにも知らなくて、ごめん」

電車に乗ると、陸斗がそう言って頭をさげたので、ひまりはあわててとめた。

「そんなの、相川くんがあやまることじゃないのに……」

記憶がないからわからないけど、きっと、自分が勝手にしたにちがいない。

「水沢がいろいろ忘れてるのが、けっこうショックでさ。おれにとっては大切なことだったのに、水沢にとっては、覚えてないぐらいどうでもよかったんだなって思ったらガーンってなって……。ごめん、ちょっとやつあたりしてた」

「ねえ、相川くん」

この話を聞いてから、ずっと思っていたことを、ひまりはたずねた。

「わたし、どんな思い出を売ったの？」

売るほどの思い出があったことがうれしくて、でもそれを覚えていないことが悲しくて、ひまりは純粋に知りたいと思った。

（わたし、相川くんと、どんな思い出があったんだろう）

するとと陸斗は、照れくさそうに教えてくれた。

ひまりが駅でたおれたときに助けてくれたこと。

受験の日にひまりが陸斗を助けたときのことも。

「あのとき、おれ、頭が痛くてまわりのこともほとんどわからなかったんだけど、たぶん水沢だって思ってた。水沢だったらいいな、って思ったんだ。でも、おまえのほうから一度もあの日の話をしてこないから、もしかしたらおれ、勝手に自分の都合のいいように妄想してただけなのかなって思って、自信が持てなくて——」

あの日にひまりがおとした、もう片方の手袋は、今でも陸斗が持っているという。

（じゃあ、ケイコが、『陸斗ははじめからわかってたみたい』っていうのは、このことだったのね）

陸斗はほかにも、中三の夏に図書館で会ったときのことを話してくれて、

「相川くんでも図書館に行くことあるんだね！」

とおどろくと、

「その反応、何度目だよ。なにげに毎回傷つくんだけど」

と苦笑された。

陸斗から聞く、二人の思い出は、どれも楽しくて。

「そんな大切な思い出を、わたし、ぜんぶ忘れちゃったんだ……」

ツーンと鼻の奥が痛くなる。

「思い出を手放すのって、ぜんぜんかんたんなことじゃなくてさ。売るときも勇気がいるし、その後も、自分のなかのなにかがなくなってる感じがして、不安でたまらないもんなんだな」

やけに実感をこめて、陸斗が言う。

「相川くんも、思い出、売ったの……？」

「ああ。一度だけ」

陸斗は、このことを店主から聞くのとひきかえに、思い出を一つ売ったのだという。

「売った思い出のことはきれいさっぱり忘れてしまうっていうのは、水沢を見て知ってたから、売る前に一応メモっておいたんだ」

言いながら、陸斗はスマホをとりだし、操作しはじめる。どうやらそこにメモしてあるようだ。

「おれ、ポケットティッシュを売ったらしい」

スマホを見ながら、陸斗が言った。

「ポケットティッシュ？」

「鼻血を出したときに水沢がくれたんだって。——そんなことがあったんだな」

売る前に写真も撮ったらしく、陸斗は見せてくれた。

たしかに、画面にうつるポケットティッシュは、いつもひまりが持ち歩いているブランドのものだ。近所のスーパーで十個百十八円で売られている、なんのへんてつもない、シンプルなポケットティッシュを、ひまりの母がいつも買ってくる。

「これをわたしが、相川くんにあげたの？」

「ああ、そうらしい。……思い出が消えてるって、こわいよな」

陸斗はスマホをポケットにしまいながら、しみじみと言った。

「うん」

ひまりはうなずく。

（せっかく相川くんと話せたのに、それを覚えてないなんて……）

こわいというより、悲しい。

「おれ、たった一つ思い出を手放しただけなのに、こんなにこわいんだ。水沢はそれを何度もしてくれたんだよな……」

陸斗はつぶやくと、窓の外に視線をむけた。

やがて、二人を乗せた電車は、川にさしかかった。

「おれ、昨日、河川敷で練習してたんだけどさ」

ふと、陸斗が、川の両岸に立ちならぶ寒々しい裸木姿の桜並木をながめながら言った。

「帰り道、堤防を歩いてるとき、水沢の話を思いだして、木を見あげたら、桜の木にちっちゃい芽がいっぱいついてるのが見えた」

「わたしも！　昨日、堤防を散歩したよ。ちょっとずつ芽がふくらみはじめてるよね」

時間はちがったのかもしれないけど、同じ日に同じ場所を歩いていたのがうれしくて、ひまりは顔をかがやかせた。

「開花が待ちどおしいね」

ひまりが言うと、

「桜が咲いたら、いっしょに見ような」

と陸斗がほほえんだ。

「売った思い出はもどらなくても、おれたち、これからは二人で新しい思い出をつくっていけばいいじゃん」

「えっ――」

それって、どういうこと――？

ひまりは目を見ひらき、となりに立つ陸斗を見あげた。

すると、陸斗が桜のようにほんのりと顔をそめているのが見えて、ひまりの胸がドキンと高鳴る。

「あのさ。これからは、学校までいっしょに行かない？」

陸斗が言った。

「今まで山金駅で別れてたけど、これからは、このまま学校まで行こうぜ」

「うん――！」

ひまりがうなずくと、陸斗もひまりを見つめかえし、二人はやわらかな笑みをかわした。

芽がふくらみはじめた桜並木を通りすぎ、電車はゆっくりと速度をおとす。

春は、すぐそこだ。

（おわり）

あとがき

ここまでお読みいただきありがとうございます。

オレンジ文庫でははじめまして、柴野理奈子《しばのりなこ》と申します。


とつぜんですが、あなたには、忘れたくない大切な思い出はありますか。

わたしには、あります。

とある男の子と過ごした三カ月間の思い出は、わたしにとって、なにものにもかえがたい宝物です。

会いたくて会いたくて、半年以上待ちのぞんだ末にやっと出会えた、あの瞬間のこと。

はじめて彼が声をたてて笑ってくれた夜のこと。

あたたかい部屋、揺れるカーテンのそばで、無防備にバンザイをして、いつも安心しきった様子で寝ていた、あの冬の日々のこと。

——少し思い出しただけでも涙がこみあげるぐらい、彼と過ごした三カ月は愛《いと》おしくて、幸せに満ちていました。

どの瞬間も全部、決して忘れたくない、大切な大切な思い出です。

でも、もし、思い出とひきかえに願いが叶うなら。

もう一度、あの日にもどりたい。

そのためなら、思い出も、自分の命も、惜しくない。

だからお願い、もう一度息子に会わせてください——。

そんな、考えてもせんないことを願いながら、この原稿を書いていました。


すてきなカバーをかいてくださった縞《しま》先生をはじめ、ずっと書きたいと思っていたこの物語を書く機会をくださった担当者様、すべての関係者の皆様に、厚く御礼申し上げます。

毎日を笑顔とやさしさで楽しく彩《いろど》ってくれる家族のみんなにも、ありがとうを。

そして、だれよりも、今ここを読んでくださっているあなたに、心から感謝の気持ちでいっぱいです。

どうか、あなたの願いごとが叶いますように——。


またお会いできることを祈りつつ　　令和元年十月吉日

柴野　理奈子

※この作品はフィクションです。実在の人物・団体・事件などにはいっさい関係ありません。

集英社オレンジ文庫をお買い上げいただき、ありがとうございます。
ご意見・ご感想をお待ちしております。

● あて先
〒101-8050　東京都千代田区一ツ橋2-5-10
集英社オレンジ文庫編集部 気付
柴野理奈子先生

集英社
オレンジ文庫

思い出とひきかえに、君を

2019年11月25日　第1刷発行
2021年 6 月29日　第5刷発行

著　者　柴野理奈子
発行者　北畠輝幸
発行所　株式会社集英社
〒101-8050東京都千代田区一ツ橋2-5-10
電話【編集部】03-3230-6352
【読者係】03-3230-6080
【販売部】03-3230-6393（書店専用）
印刷所　大日本印刷株式会社

ISBN 978-4-08-680288-8 C0193